鯨 統一郎

幕末時そば伝

実業之日本社

実業之日本社文庫

目次

毎度ご愛読いただきましてありがとうございます。

鯨統一郎

第一部　殿と熊

異譚・粗忽長屋

熊川吉右衛門《くまがわきちえもん》が火鉢《ひばち》の横で突然苦しがり、呻《うめ》き声を上げた。

「どういたしました若」

老家老の大多和権左右衛門《おおたわごんざえもん》が駆け寄る。部屋の中だが息が白い。

「く、苦しい……」

熊川吉右衛門は目を白黒させながら畳《たたみ》の上をのたうち回っている。大多和は慌《あわ》てて吉右衛門を抱き起こす。

「しっかりなさいませ」

吉右衛門は言葉も出せずに苦しがっている。

吉右衛門は江戸近辺、武蔵《むさし》の国某藩の若殿である。顔が下駄《げた》のように四角く大きいので、歳よりも老《ふ》けてみられがちだが、まだ三十三歳だ。

「謀られたか」

大多和は後悔の念を抱きながら必死で吉右衛門の背中をさする。

「毒を盛られましたな、殿」

大多和がそう言った途端、吉右衛門の口から、餅《もち》が三個飛び出してきた。吉右衛門はゲホゲホ言いながらも一息ついたようだ。

「これは、若」

「やっぱり無理だったか」

「どうされたのです」

「爺《じい》。実はね、いっぺんに餅をいくつ食えるか、試してたんだ」

「なんですと。それで三つも一度に頬張《ほおば》って、苦しがっていたのですか」

「莫迦《ばか》なことを言うな」

温厚な吉右衛門が珍しく怒った。

「頬張ったのは全部で五つだ。二つはすでに腹の中に収めている」

「死にますぞ」

大多和が吉右衛門を睨《にら》む。

「大丈夫。あたしは丈夫だから。餅を食おうが、屋根から落ちようが、ピンピンしてる」

「軀《からだ》だけが取り柄ですからな、若は」

「なに」

「いえ、その、そんな事をしていたら殺される前に自分で死んでしまいます。いいですかな」

大多和が吉右衛門に躙《にじ》り寄った。

「餅を五つもいっぺんに口の中に入れたら、咽《のど》が詰まって死んでしまいます」

「悪かった。今度は四つにしとく」

「そんなことを言っているのではありませぬ」

「じゃあ三つ」

「数の話ではありませぬ」

「味か」

「そうではなく」

大多和は溜息《ためいき》をついた。

「よいですか」

声をひそめる。

「いま若はお命を狙《ねら》われております」

「ほう。そりゃまたどうして」

「呑気《のんき》にしていては困ります。先日もお話しした筈《はず》」

「あたしはこれでも物覚えが悪いだろ。右の耳から入った話が、頭の中に留まらないで、左の耳からそのまま出ちゃう」

「ならば出ないように耳を押さえなさい」

「爺。ぜんぜん聞こえない」

「両耳を押さえてどうします」

大多和は静かに吉右衛門の手を耳から外した。

「いまお城は大変なときです」

「雨漏《あまも》りでもしたか」

「そんな事ではございませぬ。お殿様が病を得、今日明日をも知れぬご様子」

「それは大変だ」

「あなたのお父上ですぞ」

「やっぱりな。薄々そうじゃねえかと思ってたんだ」

「薄々ではなく、もちっとしっかりと思いなされ」

「判《わか》った。で、殿様であるところの父上が死にそうだって事だな」

「ややこしい言い方をしないでもよろしいのです」

「違うのか」

「違いません。その通りでございます」

「どうしよう葬式。あたしはやった事ないだろ。うまくできるかな」

「そのような事は心配しなくともよいのです。それより、お殿様が身罷《みまか》られた後の跡目《あとめ》の問題です」

「なんだい、その跡目ってえのは」

「若は何も知りませんな。よいですか。跡目というのは次の殿様は誰かということです」

「誰だろう。爺は知ってるのか」

「若ですよ」

吉右衛門は驚いて自分を指さした。大多和は頷《うなず》く。

「驚いたね。あたしが殿様……」

「そうです。若は殿の御嫡男《ちゃくなん》。ほかには誰もいません」

「こりゃいいね。殿様ってのは何でも好きなことができるからね。餅だって食い放《ほう》題《だい》だ」

「餅から離れなさい」

大多和はジロリと吉右衛門を睨む。

「なんだい、怖い顔して」

「殿の跡を継ぐのは御嫡男の若しかいない。これは当然です。ところが、これを面白くないと思う輩《やから》がいるのです」

「ははあ。爺だろ。あたしが殿様になったらもうあたしに意見できないから」

「情けないことを言わないでください。爺は若の味方ですぞ」

大多和はさらに声をひそめた。

「虎右衛門《とらえもん》様を担ぐ一派が、若を快く思っていないのです」

虎右衛門とは藩主の側室の子、すなわち吉右衛門の腹違いの弟である。

「一度、あいつの焼き餅を食べちゃったことがあったんだ。やっぱり快く思っていなかったか」

「そういう事ではございませぬ。もっとおどろおどろしい話なのです」

「雑煮《ぞうに》の方か」

「雑煮まで食べたのですか」

「いや、あのときは腹が減っていて」

「呆《あき》れましたな」

「それにしても虎右衛門一派が、あたしの事をね」

「その者たちは、少しボンヤリした若では藩主に相応《ふさわ》しくないなどという事を言いふらしている様子」

「あたしが虎右衛門でもそう思うかもしれない」

「それは爺も……。あ、いや、とにかく、嫡男が跡を継ぐのは当然の仕来《しきた》り。ここを外しては殿にも申し訳《わけ》が立ちませぬ」

「だから餅を食うなと」

「五つもいっぺんに口に入れるなと申しておるのです。四つも三つも駄目ですぞ。それに人の餅も」

「判ったよ。うるさいね爺は」

「それが爺の務めです。さらに普段よりお気をつけなさいませ」

「何を気をつけるのさ」

「ですから、若はお命を狙われているのです」

「誰に」

「ですから、虎右衛門一派にです」

「はは。そんな訳はないだろう。虎右衛門はあたしの弟だ」

「若は呑気すぎます。よいですか。食事の際に少しでも妙な味がしたら口から出しなされ」

「勿体《もったい》ない」

「勿体ながっているときではありませぬ。命の方が勿体ない」

「うまいこと言うね」

「虎右衛門一派は毒の扱いに長《た》けているのです」

「やな一派だね」

「そうです。もちろん一人の外出などもってのほかですぞ」

「そりゃ駄目だ。あたしは一人の外出が大好きだから」

「だからこそ心配して意見をしているのです。今までは大目に見ていましたが、お命を狙われている以上、控えてもらいます」

「判りましたよ。外出するときは爺に言えばいいんだろ」

「そうです。一人で外出などしては敵の思う壺《つぼ》ですぞ」

大多和は噛《か》んで含めるように言うと、ようやく部屋を出ていった。

＊

翌日、吉右衛門は町人の服装に着替えをした。

町人といっても殿様の嫡男であるから最高級の着物である。これからお忍びで町に遊びに出ようというのだ。

「高橋、ついてくるなよ」

吉右衛門は家来の一人に言った。三十歳前後の痩《や》せて小柄な武士である。

「それはなりませぬ」

高橋が言った。

「大多和様より、決して吉右衛門様をお一人にさせるなとのご命令です」

「爺か。うるさいねホントに。お前たちがついてたんじゃのんびりできないよ」

「のんびりしている時ではないかと」

「お前まで爺みたいに。いいよいいよ、ついといで。その代わり遠くから見てるんだよ。遊びの邪魔にならないように」

「五歩ほど離れて歩きましょうか」

「近いね。もっと離れて。そうだ、城の天守閣から遠めがねで見ていてくれりゃあいいよ」

「見分けがつきませぬ」

二人は言い争いをしながらも、城を出て町に繰り出していた。往来には木枯らしが吹き、木の葉が舞っている。

「若殿。寒いですな」

「だらしがないね、まだ若いのに。このぐらいの寒さがちょうど気持ちいいんですよ。城の中で火鉢に当たってるだけが能じゃありませんよ」

吉右衛門は久し振りに外に出た嬉《うれ》しさからか、口が軽い。

「やっぱりいいね町は。城の中は堅っ苦しくていけないね」

吉右衛門は辺りをキョロキョロしている。

「腹が減ったな。まずはだんごでも食うか」

吉右衛門は茶店に入った。高橋が慌てて後を追う。

「親父、だんごだ。だんごを持ってきてくれ」

「はい、おいくつ」

「いくつでもいいや。あるだけ持ってきてくれ。なんなら店ごと買おうか」

店の主が「変な客だな」と呟《つぶや》いている。

「若。あ、いえ、ご主人様。大仰《おおぎょう》なことを言っては困ります」

高橋はだんご屋の主人に向き直る。

「四本持ってきてくれ」

「かしこまりました」

「四本か。しけてるね」

「まだ昼前ですぞ」

「そうだった。忘れてた」

だんごが運ばれてくる。

「まず私が毒味をいたします」

「大げさだねどうも。こんなだんご屋が毒を盛るわけないでしょう」

「油断は禁物です」

そう言うと高橋は一本のだんごを手に取り、串《くし》に刺さった四つのだんごの内、いちばん上の一つを食べた。

「旨《うま》い」

「よこしなさいよ」

吉右衛門は高橋のだんごを奪い取る。

「油断がならないのはお前だよ。人のだんごを取りやがってまったく」

吉右衛門はだんごを貪《むさぼ》るように食う。大きなえらが顎《あご》の動きに合わせて上下する。

「少しは腹がくちくなったな」

吉右衛門はだんごを平らげ、茶を飲むと立ち上がった。

「店主。礼は要らぬぞ」

「お足を払ってくださいよ」

店主が面食らいながらも吉右衛門に文句を言う。

「済まぬ」

高橋が慌てて懐《ふところ》から財布を取りだした。

「いかほどじゃ」

「へえ。十六文いただきやす」

高橋は財布の中から小判を一枚出した。

「お客様。相済みませんが小判ではお釣《つ》りがございませぬ」

「そうか」

財布の中からなんとか小銭を探しだし、店主に渡した。

「ありがとうございました」

店を出ると、吉右衛門がいなかった。

（しまった）

高橋は必死に往来を見渡す。だが吉右衛門の姿は見えない。

「ご主人様」

高橋は大声で叫んだ。返事はない。

「ご主人様。若」

高橋は往来を駆け回って吉右衛門を捜した。だが、吉右衛門の姿を見つけることはとうとうできなかった。


その頃吉右衛門は往来を駆け抜け、隣町まで移動していた。

高橋の姿が見えなくなった所で足を止める。息が上がって両膝《ひざ》に手をつく。

(どうだい)

吉右衛門は心の中で自慢げに呟いた。

(これであたしも一人の町人だ。お供の者がついてたんじゃ本当の町歩きはできませんよ)

だんだんと息が整ってくる。

(周りの者は心配しすぎですよ。命を狙われてるなんて。こう見えてもあたしは剣術は得意ですよ。藩の指南役に勝ったこともあるんだ。もっともあたしが十五、指南役がまだ三つの頃だったが)

息が整うと吉右衛門は歩き出した。隣町は少し寂れているようである。

「道に迷ったかな」

独り言を言う。

「失礼するぜ」

腕を摑《つか》まれた。見ると人相の悪い侍三人に囲まれている。

「誰だいお前たちゃ」

「名乗るほどの者じゃねえ」

「随分へりくだった人だね。遠慮は要らないから名乗ってごらん」

「なるほど、こりゃ噂《うわさ》通りの粗忽《そこつ》者だ」

「なんだい、あたしのことを知ってるのかい」

「いいからこっちに来な」

侍は吉右衛門の腕を取りながら歩き出した。

「よしなさいよ。あたしは勝手に歩きたいんだから」

「ところがそうはいかないんでね」

侍は腕に力を入れる。

「ははあ。お前たちは城の者だな」

吉右衛門の言葉に侍たちは顔を見合わせた。

「爺に頼まれてあたしを連れ戻しに来たんだろ。天守閣から遠めがねで覗《のぞ》いていたね」

「何の事だ」

侍たちは鼻で笑った。

「隠さなくたっていいよ。だけどお前たち、方角が逆だ。これじゃ城から離れてゆく」

「その方が都合がいいんでね」

「どういう事だい」

「吉右衛門様には、死んでもらうのさ」

「え」

吉右衛門の脳裏に、大多和の言葉が甦《よみがえ》った。


――若は命を狙われているのです。

ようやくその言葉が真実であることが判った。判った瞬間、渾身《こんしん》の力を込めて侍の腕を振り払い、走り出した。

「あ」

侍たちは慌てた。

「追いかけろ」

だが吉右衛門は、生まれつき足だけは速かった。みるみる間に侍たちから遠ざかっている。

「追うんだ」

侍たちは必死の形相《ぎょうそう》で追いかけてくる。

「待て」

「待ちませんよ」

吉右衛門は走りながら答えた。

「待てって言われて待った奴《やつ》は古今東西いないんだ。待ってたまるか」

吉右衛門は必死で逃げたが、町を抜け、田んぼを抜け、山道に入るとさすがに疲れた。立ち止まって後ろを振り向くと侍たちはまだ追いかけてくる。

「しつこいねどうも」

吉右衛門、足は速いが粘《ねば》りがきかない。侍たちはどんどん差をつづめてくる。吉右衛門は息が上がりながらも逃げようとするが、とうとう侍たちに追いつかれた。

「やっと追いつめたぞ」

吉右衛門は後ろを振り向いた。背後は目の眩《くら》む崖《がけ》である。逃げ道はない。

「覚悟するんだな」

侍は刀を抜いた。

「やめなさいよ。あたしを殺してもいい事ないよ。葬式だって大変だよ。香典を包まなきゃならない」

「恨みはないが死んでもらう」

侍が刀を一閃《いっせん》させた。吉右衛門は咄嗟《とっさ》に後ろに飛びすさった。だが、そこは崖である。地面はない。吉右衛門は、まっさかさまに崖下に落下した。

*

留吉《とめきち》が川伝いに歩いていた。

(寒いな)

日は照っているが、着る物は薄い麻が一枚である。留吉は両腕で軀を抱えて震えた。だが、自分の家に帰るわけにはいかない。留吉は国元で金を盗んで逃げているのである。

(莫迦なことをしたぜ)

地道に働くのが厭《いや》で畑仕事をせず、遊び暮らしていたツケが回ってきたのだ。歳は三十を少し過ぎた辺り。

「お」

川の畔《ほとり》に、誰かがうつぶせに倒れている。

(死んでるのかな)

留吉は近づいて倒れている人間を仰向《あおむ》けにさせた。

「驚いたね」

口に出して言う。

「この野郎は、俺《おれ》にソックリじゃねえか」

たしかに、下駄のような顔の輪郭といい、大きな目と鼻、分厚い唇といい、瓜《うり》二つである。

「世の中にゃあそっくりな人間が三人はいるって言うが、二人目に会っちまったぜ」

倒れている男は微《かす》かに息があるようだ。留吉は男が、かなりの金持ちらしいことに気がついた。着ている服が高そうだ。

（江戸小紋だぜ）

しかも、遠くから見たときは無地に思えたものが、よく見ると手の込んだ小さな模様が一面に広がっている。

（こいつは金がかかっている）

留吉は思わず男の懐に手を伸ばす。巾着《きんちゃく》を探り当てて中身を見ると、小判が十枚入っている。

「またまた驚かすね、この男は」

留吉は服を脱いだ。男の服も脱がして、自分の服と取り替える。

「濡《ぬ》れてますよ、この男の小紋は。このまま濡れたものを着せておいたんじゃ風邪《かぜ》ひきますよ。あたしだって慈悲の心ってもんがあるんだ。乾いた服を着せてあげます」

留吉は自分の着ていたボロボロの麻の着物を男に着せた。

「じゃああっしはこれで失敬だ。服が濡れて気持ちが悪いが、なにこの天気だ。町に着く頃には乾いているだろうぜ」

留吉は含み笑いをしながら去っていった。

＊

崖から落ちている。

体中に衝撃が走る。

(助けてくれ)

だが声に出す余裕はない。心の中で叫ぶだけだ。地面に叩《たた》きつけられたのだろうか、落下が止まる。それから気を失っていたような気がする。

(誰かが助けてくれた)

服を着替えさせてもらっているのは助けられたからだろう。いや、総《すべ》ては夢なのか。長い長い夢……。

(寒い)

吉右衛門はふいに目を覚ました。寒さに堪えきれなくなったのだ。辺りを見回す。河原《かわら》である。足下を水が流れている。

(寒いわけだ)

吉右衛門は震えながら立ち上がる。

(はて)

自分はどうしてこんな場所に倒れていたのか。

(早く家に帰らなければ)

吉右衛門は歩き出したが、ふと足を止めた。

(あたしの家はどこだっけ)

思い出せない。それどころか、自分の名前さえ判らないことに気がついた。吉右衛門は必死になって思い出そうとしたが、いくら考えても判らない。

(おいらは相当な粗忽者らしいや)

吉右衛門は頭を掻《か》いた。

(まあいいや)

歩いていけば何とかなるだろう。吉右衛門はとぼとぼと川沿いを歩き始めた。

＊

二日ほど歩き通して吉右衛門は江戸に出た。

野宿をしながら歩いてきたが、腹が減ってしょうがない。

そこかしこから蕎麦《そば》やおでんのいい匂《にお》いが漂ってくる。町並みが賑《にぎ》やかなところをみると、どうやら浅草らしい。吉右衛門はねぐらを見つけようと、店が建ち並ぶ一角を過ぎて長屋のある方へと足を伸ばした。

「ごめんなさい」

吉右衛門は長屋の一室に声をかける。

「誰でえ、玄関先で謝ってる野郎は」

中から男が現れた。

「おめえさんは誰です」

「俺はこの長屋に住む八《はち》ってもんだが、人に名前を尋ねるときは自分から名乗るもんだぜ」

「それが、名前を忘れちまったんで」

「また粗忽者が来やがったな」

八は目を剝《む》いた。

「自分の名前を忘れる奴があるか」

「たしか熊川……」

微かに覚えている呼び名。

「熊公か」

「まあ、そんなとこだ」

「で、熊公が何の用だ」

「この長屋に住まわせてくれろ」

「自分の家はねえのか」

「それが、気がついたら河原で寝てたんで。自分の家も判らないから、新しい家を探している」

「酷《ひど》いのが来たねどうも」

八は頭の後ろに手を当てた。

「いいか。この長屋は粗忽者が集まってんだ」

「おめえが呼び寄せたのか」

「人聞きの悪いことを言うな。元はまともな連中もたくさんいたんだが、あんまり粗忽者が多いんでまともな連中は莫迦らしくて出ていっちまう」

「残ったのがお前か」

「まちがいねえが、面と向かって言われると腹が立つ」

「はは。照れるな」

「反省してないね、どうも」

「無駄《むだ》話はいいから家主《おおや》に会わせろ」

「威張ってやがる」

そう言いながらも八は熊川吉右衛門を家主の元に連れていった。

＊

熊川吉右衛門は長屋に住みついた。

みなからは熊だの熊公だのと呼ばれている。商売はなんとか左官屋の親方の元へ潜《もぐ》りこんだ。慣れないながらも、日々仕事を覚えてゆくのは悪くない気分だ。

「おう熊」

朝から熊の部屋に隣の八が飛びこんできた。

「てえげえにしやがれ熊」

「どうした八」

「どうしたじゃねえや、みっともねえ」

「何が」

「とぼけやがって。そういう事はやめろ」

「そういう事って何だ」

「そういう事ってのはだな、俺が朝っぱらから裸足《はだし》でおめえの家に乗りこむような事よ。そういう事をおめえはしたにちげえねえ」

「なんだよ、ちげえねえって自信なさげに。おいらは何もやってないよ」

「やってたんだよ、隠すな」

「隠してないよ」

「夫婦喧嘩《げんか》だよ。おめえは朝っぱらから夫婦喧嘩なんてしやがって」

「した覚えはないな」

「また忘れやがったか」

「だって俺、独《ひと》り者だから」

「何を」

「夫婦喧嘩できない」

「できねえところを無理してやりやがったな」

「そんな器用な真似《まね》はできねえよ」

「だっておめえ、かかあ出てけって怒鳴ってたぞ」

「そうじゃねえや。俺が怒鳴ったのはね」

「何だ」

「沓脱《くつぬぎ》を掃除したところへあいつが入ってきたんだよ」

「どこの野郎だ」

「どこの野郎かはハッキリしねえが、よくいる野郎だ」

「家主か」

「そうじゃねえ。よく四本の足で歩いて」

「赤ん坊か」

「違う。動物」

「なんだ鼠《ねずみ》か」

「いや、もっと大きい」

「象か」

「急に大きくしやがったな。そんなものが沓脱に入るか。そうじゃなくて、ワンワン吼《ほ》える、ワンワン……。犬だ」

「犬か。最初から言いやがれ」

「赤犬だ。そいつが俺がせっかく掃除した沓脱に入ってきて馬糞《ばふん》をしやがった」

「珍しい奴だな。犬のくせに馬糞をしたか」

「だから俺は怒鳴ったんだよ。この赤、出て行きやがれって」

「かかあじゃなくて赤か」

八は納得した。

「だけど惜しいことをしたな。俺がいたらその赤犬をとっつかまえて熊の胆《い》取ってやったのに」

「おめえも大した粗忽者だな。犬から熊の胆が取れるか」

「そうだった」

「鹿《しか》とまちがえんな」

莫迦らしい騒動を朝っぱらからやらかして、八は帰っていった。

＊

吉右衛門を襲った城の者たちは急いで崖下に降りたが、川に流されたのか吉右衛門の死骸《しがい》は見つからなかった。

あれだけの崖から落ちたのだからよもや生きてはいまいと高をくくっていたところへ、江戸で吉右衛門を見たという者が現れた。江戸詰の侍で、虎右衛門一派の者である。その者が藩に帰って報告したのである。

吉右衛門を襲った実行犯である三人の侍は、さっそく江戸まで確かめに行った。

吉右衛門は昼時分に浅草のだんご屋に姿を見せることが多いから、二、三日通りの脇《わき》から見張っていれば必ず見つけられるとのことだったが、案の定、張りこんで二日目に成果が現れたと三人は喜んだ。

「なるほど、たしかに吉右衛門は生きておる。服もあの時のままのようだな」

実は三人が見ているのは吉右衛門と服を取り替えた留吉である。顔がそっくりな上に服も同じだから、身内でも遠くから見ただけでは判らないだろう。

「しぶとい奴め」

「いかがいたす」

「機《しお》を見て、これで」

侍は懐の中から毒の入った紙の包みを見せた。他の二人が頷いた。

三人の侍が留吉の後からだんご屋に入った。三人は留吉の背後の席に坐《すわ》る。

留吉の席に、だんごと湯が運ばれる。留吉はだんごを食べ始めた。しばらくすると留吉は厠《かわや》を借りた。その隙《すき》に、侍たちは留吉の湯飲みの中に毒を落とす。

「飲んでしばらくしてから効き目が現れる」

三人のうちの一人が囁《ささや》いた。

留吉が戻ってきて湯を飲んだ。三人の侍たちは知らぬ顔をしている。留吉はだんごを食べ終わり、店を出た。三人も後を追う。

留吉は浅草の浅草寺にやって来た。頻《しき》りに胸の辺りを押さえている。やがて堪《こら》えきれなくなったのか、地面に倒れた。

「どうした」

周りに人が集まってくる。

「行き倒れか」

人々が心配そうに声をかけるが、すでに留吉は事切れていた。

*

八は浅草の観音様に参詣《さんけい》に出かけた。

雷門を出たところで人だかりがしている。

「どうしたどうした」

八は人混みに近づいた。

「何ですかい、この人だかりは」

「行き倒れだそうですよ」

人混みの中の一人が教えてくれる。

「へえ、行き倒れね。見てみたいね」

「私も見たいが、この人混みじゃなかなか見られない」

「前の方に行けませんかね」

「無理だろう。股《また》ぐらでも潜《くぐ》らねえ限り」

「なるほど、股ぐらをね」

八は前の人の背中を叩いた。

「なんでえ」

「今あっしは前の方に行きたいって心持ちなんすがね」

「何を言ってやがる。そうはいくか」

男はまた前を向いた。

（ちきしょう。てめえ一人で見ようと思ってやがるな。それならそれでいいんだ。こっちには股ぐらって手がある）

八は地面に膝をつくと前の人間の股ぐらを潜った。

「ほれほれ」

「おうおう、何だこいつは」

八は大勢の人間の股ぐらを潜りながら前へ出てゆく。

「へへ、どうだい。これぐらいやらなきゃ前へは出られませんよ」

ついに八は人混みの最前列に顔を出した。辺りをキョロキョロと見回す。

「人の面ばっかりだね」

「だめだよお前さん。変な所から這《は》いだしてきて」

四十がらみの身形《みなり》のいい町人が八に注意した。

「さあさあ、長いこと見てる人はどいてくださいよ。いつまで見てたって同じなんだから」

「あっしも見させてもらいますよ」

「ああ。あんた股ぐらから出てきたおかしな人か。まあいい。こっちにいらっしゃい」

「どうもありがとうござんす」

八は町人のそばに行った。

「で、もうじき始まりますか」

「なんだい、これは別に始まったりするものじゃない。行き倒れだ」

「ははあ。行き倒れね。これからやるんですかい」

「どうも判らない人が出てきたね。いや、この菰《こも》を被《かぶ》ってるのがそうなんだがね。そばに寄って見てごらんなさい」

「判りやした」

八は菰のそばに近寄る。

「ははあ。あんなところに頭を出してるよ。おう、起きろ起きろ。みんな見てるぞ」

「起きやしないよ」

町人は呆れたように目を丸くした。

「死んでるんだから」

「死んでる……」

「行き倒れ」

「なんだい、死んでるんなら死に倒れじゃねえか。おめえさんがさっきから生き倒れってえからよ」

「やだねこの人は。おかしなことを言って」

町人は八の言動に調子を狂わされているようだ。

「あたしは町名主《なぬし》の山内という者だがね、まあ、見るだけならよく見なさい」

「そうさせてもらいやすがね。しかし何だね、見ていいのは頭だけかい」

「手を触れなければどこを見てもいいよ。菰をめくってごらんなさい」

「死体に手を触れる奴がいるかってんだ。見るだけだから他のところも見させてもらいますよ」

八は菰をめくった。

「お、きまりが悪いもんだから向こう側を向いて死んでるよ」

「別にきまりが悪い訳じゃないだろう。顔を見てごらん。知ったお人かもしれないから」

「べらぼうめ。そう簡単に知った人間が転がってるか」

八は向こう側に廻りこんだ。

「あ」

大声を出す。

「どうしなすった」

八は死体をじっと見ている。

「熊……」

「なに」

「こいつは熊の野郎だ」

「知ってるのかね」

「知ってるも何も、隣に住んでらあ」

「それはそれは」

「仲良くつきあってますよ。兄弟同様だ。生まれるときは別々だが、死ぬときも別々だ」

「普通の仲じゃないか」

「ああ、えれえ事になったな。おう熊。しっかりしろ」

「しっかりしろったって、もう死んでるんだから」

「おめえが殺《や》ったのか」

「私じゃありませんよ」

周りの人間が二人のやりとりを見ている。

「私はただ心配して。なにしろ身元が判らなかったんだ。でもよかった」

「よかっただと。やっぱりおめえが絞め殺したな」

「そうじゃない。引き取り手が現れてよかったてえんだよ。さて、おまえさん、この人のかみさんに知らせてくれるか」

「こいつにはかかあはいねえ。独り者だから」

「そうかい」

「赤犬が時々来るくらいだ。そいつを相手に夫婦喧嘩を」

「なんだい赤犬てえのは」

「いや、こっちの話で」

「ご親族のかたでもいいが、いませんかな」

「そんな大層なものもねえよ。こいつは身寄り頼りのねえ野郎で、ある日ひょっこり長屋に現れたって可哀相《かわいそう》な野郎よ」

「それは困ったな。引き取り手がないというのは」

山内と名乗った町名主は腕組みをした。

「じゃあ、あんたが隣に住んでるんだ。ひとまず引き取ってくれるかい」

「どうしよう。後で痛くもない腹探られたりしたらやだよ」

「なんだいそれは」

「じゃあこうしましょう」

八はポンと手を叩いた。

「ここへ当人連れて来ましょう」

町名主は訝《いぶか》しげな顔をした。

「何だい、その当人てえのは」

「ですから、この行き倒れの当人を」

「シッカリしなさいよ、あんた」

「さっきも言ったけどこいつは身寄りのない可哀相な野郎で。今朝もちょいとこいつんちへ寄ったら、ボンヤリしてやがった。お参りにでも行かねえかってったら、あまり気が乗らないからよすだなんて言いましてね」

「今朝会ったのかい。だったら違うよ。この行き倒れはね、昨夜《ゆんべ》からここへ倒れてんだから」

「そうでしょう。だから当人連れて来なくちゃ判らねえってんで」

「判らないのはあんただよ」

「いえ、こいつは、てめえでてめえの事もハッキリしねえ野郎だから。ここでこんな事になってるのも今朝まで気がつかねえにちがいねえ」

「しょうがねえなあ、この人は。あんたね、よく気を鎮《しず》めて話をしなくちゃいけないよ」

「判ってますって。すぐに当人連れて来ます」

「判ってないよこの人は」

「当人連れて来て並べて見て、やっぱりまちがいねえって事になれば安心でしょう」

「困ったね」

町名主は途方に暮れている。

「ではすぐに連れて来ますから」

八は人混みをかき分けて去っていった。

八は長屋に戻ると熊の家の戸を叩いた。

「おい、起きろ熊。熊起きろ」

「何だい、誰か夢中になって戸を叩いて熊、熊って。熊もボンヤリした野郎だね。あれだけ呼ばれてんだから起きりゃいいのに。あ、待てよ。熊はおいらだ」

熊は戸を開けた。

「あ、やっぱりいたな熊。てめえそんなところで呑気にしてる場合じゃねえぞ」

「何かあったか」

「あったなんてもんじゃねえや。情けねえ」

「おいらなんかしくじったか」

「大しくじりよ。いいか。聞いて驚け。俺は昼、浅草に行ったのよ」

「どさくさにまぎれてどこ行きやがった」

「どさくさじゃねえ。浅草。観音様」

「通りゃんせの細道か」

「そりゃ天神様だろう。そうじゃねえ、浅草の観音様だ。雷門のある。そこに人だかりがしてたんだ」

「何かあったか」

「行き倒れだ」

「ほう、うまくやりやがったな」

「てめえも判ってねえな。いいか、行き倒れってえのはな、死んでるんだよ」

「誰が」

「おめえだよ」

「あっしが」

「そうだよ」

「なんだかよく判らねえな」

「気がつかねえか。おめえはな」

　八は声をひそめた。

「昨夜、浅草で死んだんだよ」

「ええ」

熊が大きな声を出す。

「よしてくれよ気味の悪い。あっしはここにいるぜ」

「だからお前は粗忽者だってんだ。死んだことにも気づかねえ」

「死んだって……。あっしは死んだ心持ちはしないよ」

「それが図々《ずうずう》しいってんだよ。お前死んだことあるのか」

熊は首を左右に振った。

「だろう。死んだこともないのに死んだ人間の心持ちが判るか」

「なるほど」

「安心しろ。俺がこの目で見てきたんだ。お前はまちがいなく死んでるよ」

「だけどね、あっしはここで起きてお前と話をしている」

「だからお前は死んだことも気づかない粗忽者だってんだ。お前、昨夜どこへ行った」

「吉原《なか》を冷やかして帰りに酒を飲んで、いい心持ちになってブラブラと歩きながら帰《けえ》ってきた」

「どの辺を歩いた」

「浅草の観音様の脇を抜けて、その後は、ううん、どうだったかな」

「この野郎。ついに尻尾《しっぽ》を出しやがったな。おめえは悪い酒を飲んで当たったんだよ。それで観音様の辺りでひっくり返って冷たくなって」

熊は首を捻《ひね》っている。

「おめえは粗忽者だから死んだのも気づかずに帰って来ちゃったんだろう」

「そうなのかな」

「そうなんだよ」

八は断言した。

「そう言われてみると、今朝はどうも気分が悪い」

「それみろ」

「なんだか一度死んだような心持ちになってきた」

「思い出してきたんだよ、死んだことを」

「あたしは熊じゃねえ、違う人間だったような気が」

「前世だよ、それは。死んだことによって前世を思い出してきやがったな」

「ああ、でもハッキリとは思い出せねえ」

「いいから早く行け」

「行けって、どこへ」

「死体を引き取りにだよ」

「誰の」

「おめえのだよ」

「え、あっしの」

熊はしばらく言葉が出なかった。

「じれってえ野郎だね」

「でも、これがあっしの死体ですなんて、いまさらきまりが悪い」

「遠慮する柄《がら》か。当人が行って当人のものを貰《もら》ってくるんだ。悪いことがあるか」

熊は頷いた。

「恥ずかしいんだったら俺が一緒に行ってやらあ。当人はこの野郎ですと。死体の引き渡しをお願いしますと。向こうだって当人に出てこられたんじゃもう、どうしようもねえだろう」

「そんなもんかな」

「おうよ。おめえもいろいろお世話になりましたぐらいのことは言っとけ」

熊は頷くしかなかった。

＊

二人は浅草寺に着いた。

「ここだここだ。ここに人だかりがある。さあ入れ」

「八っつぁん。ここはガマの油売りのようだぜ」

「なんだと。ホントだ。おめえ、落ち着かなきゃ駄目じゃねえか」

「いや、落ち着くのは八っつぁんの方だ」

二人は場所を変える。

「お、ここだ。今度はまちがいねえ」

八は人混みをかき分け、中へ入っていく。熊も八の後を追う。

「どいてくれどいてくれ」

「痛えなあ」

周りの者に迷惑をかけている。

「痛えもクソもあるか。当人が来たからどけってんだよ」

「八っつぁん。もう少し静かに行こうよ」

「莫迦野郎。てめえのものを取りに来たんだ。遠慮する奴があるか」

二人は人混みの中央にたどり着いた。先ほどの町名主が八を見て呆れたような顔をする。

「これは旦那《だんな》。先ほどはどうも」

「また来たよこの人は」

町名主は連れの者に愚痴《ぐち》を言う。

「どうだいお前さん。当人じゃなかっただろ」

「それがですね、帰ってすぐに当人に話をしますとね、こいつは粗忽者ですから、どうも死んだような気がしねえんだがなんて強情張りやがって。それで俺がそんな了見《りょうけん》じゃいけねえって懇々《こんこん》と言って聞かせやした」

「そんなことを懇々と言わなくてもいいんだよ」

「いや、そうしたらこの野郎も、そういえば今朝は気分がよくねえから死んだのかもしれねえって。こいつです、当人は。おう熊。この人にお礼申しあげろ」

熊はお辞儀をした。

「どうもすみません。当人です」

「同じような人がもう一人増えちゃったよ」

町名主は溜息をついている。

「あっしは昨夜ここへ倒れちゃったそうで」

「しょうがねえなあ、この人たちは。あのね、あなた、この菰をめくってごらん」

「いいえ、見なくて結構です。もうなまじ死に目にあわない方が」

「莫迦莫迦しいことを言うんじゃありませんよ」

「おい熊。こちらさんは並べてみなくちゃ安心できねえって言ってんだ」

「そうかな。なんだか気持ち悪いけど」

熊はそう言いながらも菰をめくった。

「これがおいらか」

「そうよ」

「ずいぶん汚ねえ面しててんじゃねえか」

「死に顔なんてそんなもんだ」

「ちょっと顔が長いような気もするが」

「一晩夜露《よつゆ》に当たったから伸びたんだろう」

熊が死体の顔をじっと見る。

「たしかにおいらのようだ」

「そうだろう」

八は満足げに頷いた。

「おい、このおいらめ」

熊が情けない声で死体に話しかけている。

「なんてまあ浅ましい顔になりやがって」

泣き声になっている。

「こんなことになるんだったら、もっと旨いもん食っときゃ良かった」

「後悔はそんなところかい」

「八っつぁん、どうしよう」

「頭の方を抱け。俺は足の方を持つから」

「そうか。じゃあ済まないけど頼むよ」

熊は死体の頭を支える。

「人間、どこでどうなるか判らねえなあ」

「おいおい」

町名主が慌てて止めにはいる。

「さわっちゃ困るよ。おめえさんじゃないんだから。抱いてみて判らないのかい」

「うるせえ」

八が怒鳴った。

「余計なこと言うねえ。当人が見て、おいらだってんだから間違いねえじゃねえか。いいから抱け抱け、なあ熊。おめえの死体で間違いねえだろ」

熊は曖昧《あいまい》に頷いた。

「抱かれてんのはたしかにあたしだけど、抱いてるあたしはいったい誰だろう」

異譚・千早振る

夕暮れ時、寂れた神社の境内《けいだい》の裏手で、寒さを堪《こら》えながら音羽《おとわ》が佇《たたず》んでいると、下卑《げび》た笑い声が聞こえた。

音羽ははっとして身構えた。音羽はまだ若い娘。背がすらりとした美人である。

(誰だろう)

笑い声が高くなり、数人の男共が姿を現した。

「こんな所で何してるんだい、別嬪《べっぴん》さんよ」

男は三人。知らない顔だ。いずれも人相のよくない、見るからに破落戸《ごろつき》と判《わか》る者たちである。

音羽は恐怖のあまり声を出せずにいる。

「こんな所に立っていたら寒いだろう。どれ、俺たちが暖めてやろう」

そう言うと男の一人が音羽の腕を摑《つか》んだ。

「やめてよ」

音羽は思わず声を出した。

「抗《あらが》うんじゃねえよ」

男は音羽を抱きすくめた。音羽は逃げようとするが、男の力が強く、逃げることができない。その周りを囲むようにして、後の二人の男がニヤニヤと笑って抱きつかれた音羽を見ている。

「離して」

「神殿の隅に筵《むしろ》がある。そこに寝ろ」

男は音羽を抱きすくめたまま社の隅に向かって足を進める。

「いやだ」

音羽は泣き声を出した。だが男たちはにやにや笑うだけで容赦しない。

「何をしている」

胴間声《どうまごえ》が聞こえた。男たちはギョッとして声の方を振り返った。大男が恐《こわ》い顔をして立っていた。

「辰三《たつぞう》さん」

音羽が叫んだ。音羽に抱きついている男が手を離し、辰三と呼ばれた大男に向き直る。

「誰でえ、てめえは」

「辰三ってもんだ」

そう言いながら辰三は男共に向かって歩を進める。男共は一瞬、後ずさる。

「おめえたちこそ見かけねえ顔だな」

「辰三さん、こいつら、多分、隣村の者だよ」

「ほう」

辰三は珍しいものを見るような目で男たちを眺めた。

「わしはその音羽さんの知り合いだが、隣村のお前さんたちが音羽さんに何の用だ」

「おめえの知ったことか」

「兄貴」

下っ端らしき男が兄貴分の男に耳打ちする。

「こいつはこの村でちょいと知られた暴れ者ですぜ」

兄貴分の男は少し怯《ひる》んだ顔を見せる。

「大丈夫。こっちは三人だ。やっちまいましょうぜ」

三人は頷《うなず》き合った。

「暴れ者だかなんだか知らねえが、人の恋路を邪魔するんじゃねえ」

一人が突然、辰三に向かって突進してきた。辰三の軀《からだ》に体当たりを喰《く》らわす。辰三はその男を大きな腕で受け止めた。

「そりゃ」

そう声をかけながら後ろに投げ飛ばした。投げ飛ばされた男は地面に倒れて呻《うめ》いている。

「この野郎」

もう一人の男が辰三に向かって殴りかかった。その拳《こぶし》を、辰三の大きな手のひらが受け止めた。男の拳は辰三の手のひらに包まれて動かなくなった。

男は辰三の脛《すね》を蹴《け》飛ばした。だが辰三は顔色一つ変えない。男は辰三の顔を見て怯《おび》えた。

「そりゃ」

また辰三は男を抱え、後ろに放り投げた。そのまま残りの一人に向かって足を踏み出す。

「うわ」

残った男は声をあげてそのまま逃げていった。倒れていた二人も起きあがり、腰をさすりながら逃げてゆく。

「覚えてやがれ」

境内に男たちの声が虚《むな》しく響く。

「わしは物覚えが悪い。覚えていられるかどうか」

「辰三さん」

音羽が辰三の胸に飛びこんだ。

「大丈夫か」

音羽は辰三の胸の中で頷く。

「あんた本当に強いねえ」

「来い」

辰三は音羽を神殿まで連れてゆき、扉を開けた。

「ここなら誰も来ねえ」

二人は神殿の中に入っていった。

*

辰三の家は村で細々と豆腐屋を営んでいた。

「辰三、水を汲《く》んできてくれ」

庭にいた辰三に父親の声は聞こえていたが、聞こえないふりをして井戸を通り過ぎ、家から離れていった。

（くそ面白くもねえ）

辰三は家業が嫌いだった。

辰三はそのまま神社に向かった。神社では村相撲《ずもう》に備えて数人の若者が相撲の稽《けい》古《こ》をしていた。それを見物する若い娘も数人いる。その娘の中に、音羽の姿もあった。

「辰三さん」

音羽の声に男たちも振り返った。

「どりゃ、稽古をしようか」

家業は嫌いだったが、相撲は好きだった。

辰三は褌《ふんどし》一丁の姿になると、次々と男たちと相撲を取った。誰も辰三には敵《かな》わなかった。

やがて莫迦《ばか》らしくなったのか、男たちは神社を去り、女たちがそれを追った。辰三と音羽だけが残された。

「どいつもこいつもだらしがねえ」

辰三は吐き捨てるように言った。なんだか相撲も味気ないものに思えてくる。

「あんた、きっと強い相撲取りになるよ」

「わしはもう強い」

「それは判ってる。でもあたしが言ってるのはこの村でのことじゃないよ」

音羽は艶《つや》っぽい笑みを浮かべた。

「どういうことだ」

「あんたなら、都でも名を上げることができるっていうのさ」

「都で……」

音羽は頷いた。

「わしのような男でも都で名を上げることができるだろうか」

「お前さんは強い。きっとできるさ」

音羽は再び辰三に軀を寄せた。

「立派だろうねえ。都で相撲取りになったら。都でもちやほやされる暮らしが送れるよ」

そう言うと音羽は辰三の胸に、自分の顔を押しつけた。

辰三は音羽の言ったことを考え続けていた。

（都に出る……）

始めは突拍子もない話に聞こえたが、やがて満更《まんざら》悪くないと思えるようになってきた。

（どうせ村の暮らしには飽き飽きし始めていたところだ）

家業の豆腐屋は朝早くから働き通しで面白くないし、村相撲でも相手がいない。ここは一つ、都に出て名を上げるのもいいかもしれぬ。そう思うと、今度は都への憧《あこが》れが膨れあがり、いても立ってもいられなくなった。

（駄目《だめ》で元々だ）

辰三は意を固めた。数日後、親にも音羽にも言わずに辰三は村を出た。

＊

都に出ると辰三は相撲人になるために方々歩き回った。だが、軀だけやけに大きく、荒々しい言葉遣いの辰三を、都の者は気味悪がって誰もまともに話をしようとしない。

　辰三は困り果てた。

（このままでは名を上げるどころか野垂れ死んでしまうぞ）

　辰三は途方に暮れた。町の外れの神社を見つけると、ふらふらと境内に足を踏み入れた。田舎《いなか》に残してきた音羽との逢瀬《おうせ》を思い起こしたのかもしれない。

「おい」

　ご神木の根本に腰を下ろしているところを声をかけられた。見ると初老の職人である。

「そう恐い顔をすな」

「恐い顔は生まれつきだ」

「お前、この辺の者やないな」

「東国の田舎からやって来た」

「そうかい。宿はあるのんか」

「ねえ」

　辰三は正直に答えた。

「ほなら儂《わし》の所に来い」

聞きまちがいかと思った。

「どうして」

「儂は大工の棟梁《とうりょう》や。お前はいい軀をしとる。儂の所で働け」

涙が出るほどありがたい申し出だった。

「いいのか」

辰三は坐《すわ》ったまま姿勢を正した。

「お前ほどの軀を持ってる者は都でもそうはいない」

「ありがてえ」

辰三は立ち上がった。

「厄介《やっかい》になるぜ」

「阿呆《あほう》。ご厄介になります、や」

そう言うと男は背中を向けて歩き出した。

＊

辰三は追い出されては大変とばかりに、性根を据えて働いた。

もともと軀は誰よりも大きく、力もある。それに軀を動かすことに関しては勘が働く。辰三はみるみるうちに仕事を覚え、棟梁に信頼されるようになった。

「どうや辰三」

雨が降り、仕事が休みの日に、長火鉢《ひばち》を囲みながら棟梁が声をかけた。

「お前も働き詰めだ。たまには相撲見物にでも行こやないか」

辰三の胸は騒いだ。都に出てきた目当てである相撲という言葉が、棟梁の口から漏れたのだ。辰三は目を見開いて返事をしない。

「どないした」

「いえ」

「相撲は嫌いか」

「そうじゃねえんで」

辰三は唾《つば》を飲みこんだ。

「実は、あっしは相撲取りになりてえんで」

棟梁は目を剝《む》いた。

「すみません」

「いや、かまわんがな」

棟梁は煙管《きせる》の灰を火鉢の中に落とした。

「なるほど、それで田舎から都に出てきたのか」

「田舎じゃ誰にも負けたことはねえんで」

「そうやろうな」

棟梁は辰三の軀を見ながら言った。

「ええやろ、儂は相撲を取り仕切るお役人と顔馴染《なじ》みや。話をしてやろう」

「本当ですか」

辰三は棟梁の言葉が信じられなかった。

「いつまでも大工をやらせてたんじゃもったいないからな」

棟梁はにこりともしないでそう言った。

＊

棟梁に、都で相撲を取り仕切っている役人の所に連れていってもらった。

役人は小さな目をした貧相な男だった。

「浅岡様。この野郎が相撲取りになりたいなんて言うんですがね」

浅岡と呼ばれた貧相な役人は辰三を見つめている。

「若い者と一番、取ってみろ」

思わぬ好機が巡ってきたと辰三は意気込んだ。

役人が連れてきた相撲人と相撲を取る。

「そりゃ」

辰三は掛け声と共にあっさりと若い相撲取りを投げ飛ばした。

それまで興味なげにしていた浅岡が、途端に身を乗り出した。投げ飛ばされた若い相撲取りは悔しそうな顔をして身を起こす。

「お前は都に来ても強い相撲取りである。これから精進するように」

辰三は感激しながら頭を下げた。いよいよ都で相撲取りとして暮らしてゆけるのだ。

「お前、名は何という」

「へえ。辰三と申します」

「辰か。ならば四股名《しこな》は竜田川《たつたがわ》にしろ」

「竜田川……」

「良い名だろう」

「へい」

辰三はまた頭を下げる。

（なんとしてもこの竜田川の名を上げてみせる）

辰三は武者震いをした。

＊

数年が経《た》ち、辰三は都での暮らしにもすっかり慣れた。

自分の下に、若い相撲取りが何人もでき、その者たちを引き連れて花街を闊歩《かっぽ》したりもした。

相撲の方は、さすがに都には方々から強い相撲人が集まってきていて、辰三といえども無敵というわけにはいかなかった。何でも一番でなければ気が済まない辰三は、自分が一番になれないことで少し気の晴れない日々を過ごしていた。

そんなとき辰三は、花街を歩いていて一人の美しい花魁《おいらん》に目を奪われた。

「おい孫一《まごいち》」

辰三は連れていた年下の相撲取りに声をかけた。

「へえ」

「あの花魁の名は何という」

「さすがは竜田川の兄貴。お目が高い」

「名前を訊《き》いてるんだ。答えろ」

「あれは千早太夫《ちはやだゆう》ですよ」

「千早太夫……」

「いま評判の別嬪だ。その妹分も別嬪だが、やはり千早太夫には敵わない」

辰三は千早太夫に見とれている。

「だけどあんまり花魁に本気になってもいけませんや。なにしろあの厚化粧だ。化粧を取ったらどんな顔だか判りゃしねえ」

「うるせえ」

辰三は孫一の言葉も聞かず、ふらふらと千早太夫に近づいていった。千早太夫は辰三に気づくと、ギョッとしたような顔をした。

(無理もねえか)

いきなりこんな軀の大きな男が近づいてきたんだ。辰三は苦笑した。

「孫一」

「へえ」

「あらためて出直すぜ」

辰三は、しゃなりしゃなりと歩く千早太夫をいつまでも見送っていた。

＊

翌日、辰三はすぐさま遊郭に出かけてゆき、千早太夫に会わせてくれるように店の者に頼んだ。

部屋で待っていると店の者がやってきた。

「竜田川様。相済みませんが千早太夫は今日は他のお客様のお相手を務めますので、他の者を用意致します」

「そうか。それでは仕方がない」

その日はそれで帰ったが、いつ来ても千早太夫は他に客がいるだの、軀の調子が悪いだのと一向に辰三に会う気配がない。

「巫山戯《ふざけ》やがって」

辰三もとうとう頭に来た。

「兄貴、振られましたんで」

孫一がからかうように言った。

「うるせえ」

辰三は孫一の頭を叩《たた》いた。

「痛え」

「頭に来た」

「兄貴、千早太夫はあきらめなせえ。好きな男を追って都にやってきたなんて噂《うわさ》もある女だ。もっとも花魁になっちゃあ合わせる顔もねえだろうが。それより神代《かみよ》だ」

「神代だと」

「千早の妹分ですよ。こっちも別嬪だ。こっちになせえ」

「判った。もう千早太夫はいい」

辰三は今度は神代目当てに遊郭に向かった。ほどなく遊郭に着くと神代を呼ぶ。

「女将《おかみ》。神代を頼む。千早太夫の妹分だ」

「かしこまりました」

しばらくすると女将が戻ってきた。

「相済みませんが、神代はただいま他のお客様のご相伴にあずかっております。違う者を……」

面白くない。だが他に客がいるのでは仕方がない。辰三は不本意ながらもさして興味のない女を部屋に呼んだ。

＊

控えの間で千早太夫と神代が話をしていた。

「姉様」

神代が改まった口調で言った。

「このところ姉様の許《もと》に、竜田川という相撲人が通ってきていますね」

「ああ」

「でも姉様はいつも竜田川を避けている」

「気づいたかい」

「そりゃあもう。でも、どうしてなんです。あの人は姉様に惚《ほ》れている。あれだけ惚れられたら女冥利《みょうり》に尽きるってもんじゃないですか」

「なるべく顔を見られたくないんだよ」

「外を歩いているときにじっと見てましたよ」

「近くで見られたくないのさ」

「でも姉様は相撲人が好きだって」

「人によるよ」

神代は頷いた。

「神代。お前も竜田川を袖《そで》にしたそうじゃないか」

「姉様が避けている人は、わちきだって厭《いや》です」

「遠慮することはないんだよ」

千早太夫に憧れている神代は、首を左右に振った。

＊

月日は流れて……。

八の所に朝から熊《くま》がやってきた。二人とも粗忽《そこつ》長屋と呼ばれる長屋に住んでいる。

「熊、おめえ、死んだんじゃなかったのか」

「ひでえや兄貴」

二た月ほど前、浅草の行き倒れの死体を熊公と間違えて一悶着《もんちゃく》起こしたことがあったのだ。

「あの行き倒れは俺じゃないんだから。少し落ち着いて考えれば判ることでしょうが」

「本当におめえはそそっかしい」

「それは兄貴だって」

熊そっくりの行き倒れは、これも何かの縁だということで、粗忽長屋の家主《おおや》が弔いの手配をした。

「で、今日は何の用だ。夫婦喧嘩《げんか》か」

「だからあたしは独り者だって。そうじゃなくて、八の兄貴にちょっと相談したいことがあってね」

「なんでえ」

「その前に、兄貴に相談事を相談していいかをまず相談してえ」

「回りくどいこと言ってんじゃねえ。さっさと相談しろ」

「そうかい。それじゃ言うけど、兄貴はここんとこにわかに物知りになったろ」

「にわかには余計だ。俺は前から物知りだ」

「それでもこのところ書を習って学を増やしただろ」

「そうだそうだ。ご隠居に書を習ってたんだ。おう熊。これが誰だか判るか」

八は傍《かたわ》らにあった半紙をたぐり寄せた。そこには〝奥間〟という文字が書かれていた。

「奥間か。誰なんです」

「ちったあ考えろ。いいか。これは俺の女房だ」

「新しいご新造さんをもらったんで」

「前からいる女房だ」

「でも兄貴の女房、名前はお熊さんって言ったね」

「そうよ。お熊だからお前の名前と紛らわしい。だから名を変えさせた」

「乱暴だね、どうも」

「なに、呼び方は変わってねえ。お熊ってのはもともと熊におがついただけだ」

「丁寧に言っただけですわな」

「そうよ。もともとは〝くま〟。それにおをつけて〝おくま〟。それを漢字で書けば奥間になるだろう」

「ははあ。奥間はお熊、つまり〝くま〟ですかい」

「そうよ。こんな例えはいくらでもある。お常が緒津根になったり」

八は半紙に文字を書く。

「つねさんが緒津根にね」

「お清が沖代になったり」

「さすが兄貴は学がある。この間も、いろは歌の暗号《かくしごと》を教えてくれたしな」

「そうだった。で、どんな隠し事だったかな」

「何だい、自分で教えて忘れてんのかい」

「ど忘れだ」

「ほら、いろは歌には恨《うら》みが籠《こ》もっているという」

「そうだった。いろは歌ってえと、例のいろはにほへとって奴《やつ》だな」

漢字を交えて記すと次のようになる。

色は匂へど散りぬるを
わが世誰ぞ常ならむ
有為の奥山今日越えて
浅き夢見じ酔ひもせず

「いろは歌を七音ずつに区切っていちばん下の字を拾って読むと暗号が現れるって、あたしが永福寺の和尚《おしょう》から聞いてきて、それを兄貴にどういう意味だって尋ねたら」

いろは歌を七音ずつに区切ると次のようになる。

いろはにほへと
ちりぬるをわか
よたれそつねな
らむうゐのおく
やまけふこえて
あさきゆめみし
ゑひもせす

「そうそう。いちばん下の字を拾うと〝とかなくてしす〟になるな」

「どういう意味になる」

「なんだ、もう忘れたのか。粗忽者め」

「もう一度教えてくれ」

「だらしねえな。いいか、よく聞け。昔、ある貧しい男が住んでいた。あまりの貧しさにこの男の家には戸もなかった。冬の寒い日、外には木枯らしが吹き荒れている。一晩中、木枯らしの吹きっさらしの中にいて、男は軀が冷えて朝にはとうとう死んでいた」

「死んじまったんですか」

「おうよ。いろは歌には、この男の恨みが隠されてるのよ」

「ええと、どの辺に」

「まだ判らねえのか」

「すみません。教えてください」

「いいか。この男の家には戸がなかったんだぞ」

「ええ」

「つまり、戸がなくて死すだ」

「え」

「戸がなくて死す」

八は駄目を押すように言った。

「あれはそんな意味だったんですか」

熊が驚いたような顔を八に向ける。

「そうだ。己の貧乏を恨んだ歌だ」

「貧乏こじらせて死んじゃったってえ奴だ。さすが兄貴は学がある」

普通〝とかなくてしす〟は〝咎《とが》なくて死す〟すなわち罪もないのに死んでいった恨みを込めた歌だと解釈されている。だが案外、真相は八の言ったように、戸がなくて死んだという絵解きが当たっているのかもしれない。当てずっぽうに言った言葉が偶然、当たっているということは、中にはあるものだ。

「で、相談ってえのは何だ」

「へえ。実はあたしは夜逃げをしようと思いましてね」

「なるほど。夜逃げは何かと人手がいる。手伝いにゆくぞ」

「止めないんですかい」

「人助けをしろというのが親の遺言だ」

「せめてわけでも訊いてくださいよ」

「頼まれたら厭と言えねえ。どんなわけだ」

「それが、隣に住んでる鳶頭《とびがしら》のお嬢さんがね、この頃、変なものに凝りやして」

「男か」

「まだ十の子ですよ」

「近頃の餓鬼《がき》はませてやがる」

「そうじゃねえんで。なんですか、ほれ、正月になるとよくやる」

「酒か」

「ですからまだ十の子で。花札みてえのを並べて、一人仲間はずれが札読んで」

「なるほど。朧気《おぼろげ》ながらみえてきたぞ。そいつは百人一首だろう」

「そうそう、それだ」

「この間、ご隠居から聞いたばかりだ。その昔、小倉《おぐら》山において藤原定家《ふじわらのていか》が古今の歌人百人から一首ずつ集めたやつだ」

「儲《もう》けやがったな。百人から割り前を集めやがって」

「割り前じゃなくて歌だよ」

「余計なもの集めやがって」

「定家に文句を言ってやがる。歌に凝るのは悪いことではないだろう。娘らしくて結構なことだ」

「それがちっとも結構じゃねえんで」

八の女房、お熊、あらため奥間が二人に湯を持ってきた。

「ありがてえ」

熊は湯を一口飲む。

「その鳶頭の娘がね、その歌の意味が判らねえってんで、あたしに教えてくれって言うんですよ」

「教えてやりゃあいいじゃねえか」

「教えられるぐらいなら夜逃げなんかしねえんで」

「お前は歌の意味が判らねえから夜逃げしようってのか」

「そうです。兄貴にはいろいろ世話になった」

「早まるな。歌の意味ぐらい俺が教えてやる」

「本当ですか」

「俺が今まで嘘《うそ》を言ったことあるか」

「そういえば数えるほどしかねえ」

「いちいち数えるな。で、どんな歌なんだ。その鳶頭の娘さんが知りたがってる歌は」

「へえ、なんでも大勢いる中で、いちばんいい男の歌だってんですがね」

「まず猿丸《さるまる》は外れるな」

「まあそうでしょうが。たしか千早がどうとか」

「なるほど。それは在原業平《ありわらのなりひら》の歌だな」

「そうです、そうです」

「これもご隠居に聞いたばかりだ。〝千早振《ちはやぶ》る神代《かみよ》もきかず竜田川から紅《くれない》に水くぐるとは〟。有名な歌だ」

「それだ。その歌の意味を教えてほしいんで」

「その意味か」

八は腕組みをした。

「そりゃお前」

「知らないんですか」

「莫迦言え。知らねえわけがねえ。千早振る、というから、神代もきかず、となるな」

「はあ」

「次は当然、竜田川だ。したがって、から紅にとなる。さらに水くぐるとは、となってめでたしめでたしだ」

「なんですか、めでたしめでたしってのは。お伽噺《とぎばなし》じゃねえんですよ。それじゃあ意味を教えてくれたことにならねえ」

「お前には難しかったか」

「誰でも判らないでしょう。もう少し詳しく教えてくださいよ」

「しょうがねえな。いいか良く聞け。千早振る神代もきかず竜田川だ」

「へえ」

「お前な、そもそもこの竜田川ってえのを何だと思う」

「判らねえから訊いてるんで」

「いばるなってんだ。だからよ、素人《しろうと》考えでもいいから、竜田川を何だと思う」

「うーん、何でしょう」

「判らねえか。せっかく教えようってのに張り合いがねえ。いいか、お前はこの竜田川を川の名前だと思うだろ」

「そうすかね」

「そうすかねじゃないよ。普通は思うよ。川ってついてんだから」

「なるほど」

「だからお前も川だと思え」

「じゃあ思います」

「そこが畜生の浅ましさだ」

「なんだよ酷《ひど》いね。むりやり思わせといて。だったらいったい何です、竜田川ってえのは」

「相撲取りだ」

「へじゃないよ。相撲取り」

「へ」

「相撲取りって、そりゃ変だ」

「何が変だ」

「だって和歌ですぜ」

「和歌に相撲取りが出ちゃいけねえっていうお触れでも出たか」

「お触れは出ちゃいねえけどね」

「だったらいいじゃねえか」

「でもあたしは竜田川なんてえ相撲取りは知らねえから」

「知らなくて当たり前だ。大昔の相撲取りだから」

「そうなんですか」

「で、この竜田川は、やけに強い。若い頃から強くて、田舎じゃ敵う奴がいない」

「そんなに強かったんで」

「そうだ。それで竜田川は都へ出て立派な相撲取りになりたいと思うようになったな」

「なりましたか」

「おうよ。都に出ても竜田川の強さは群を抜いていた」

「へえ」

「竜田川は都で立派な相撲取りになった」

「偉いもんですねえ」

「強い相撲取りになったから都でもちやほやされる。女にももてる」

「羨《うらや》ましい」

「花街でも、もてる」

「そうでしょうねえ」

「あるとき竜田川は子分を連れて花街を歩いていた。夜なのに灯《ひ》が煌々《こうこう》と灯《とも》って昼を欺くばかりだ。お前にも見せてやりたい」

「兄貴は見たんで」

「俺も見てない」

「しまらないね」

「だが竜田川はその灯《あか》りの中で、一人の花魁を見かけた。その花魁が千早太夫だ」

「千早……。するってえと千早ってえのは花魁の名前ですか」

「ようやく気づいたか」

「驚いたね」

「きらびやかな打掛を着て、髪をきれいに結ってな。高い下駄《げた》を履いてやってきた。禿《かむろ》などの妹分を連れてな」

「豪勢だね、どうも」

「で、その千早太夫を見かけた竜田川が、一目見るなりぼうっとなった」

「無理もねえ」

「竜田川は思ったね。〝ああ、世の中にあんないい女がいるのか。俺も男と生まれたからには、たとえ一晩でも、ああいう女と過ごしてみたい〟」

八は湯を一口飲んだ。

「それを聞いた竜田川の子分が言ったね。〝大丈夫。相手は売り物買い物だ。金さえ積めばどうにでもなる〟」

「で、金を積んだんで」

「そうさな。竜田川も名のある力士だ。それぐらいの金は工面できる。茶屋の女将にかけあって、千早太夫に話をつけようとした。ところが」

熊も湯を口に含む。

「どういうわけか千早太夫は竜田川を嫌っているかのように会おうとしない」

「金を積んでも駄目だったんですかい」

「そう。要するに竜田川は千早太夫に振られたわけだ」

「そうですかい。可哀相《かわいそう》に」

「竜田川の方も頭に来たね。惚れた弱みで通い詰めたはいいが、願い届かず振られてしまう。自棄《やけ》になって、当てつけのように千早太夫の妹分の神代に言い寄る」

「節操がないね」

「仕方がねえだろう。花街に通い詰めて思いが遂げられねえままじゃ収まりがつかねえ」

「じゃあ竜田川は千早太夫の代わりに神代に手を出したってわけで」

「ところが神代の方も〝姉さんが厭なものはわちきも厭でありんす〟とかなんとか」

「また断ったんですかい」

「そう。神代も言うことをきかない」

「振られ続けだね」

「竜田川は傷心して豆腐屋になった」

熊はキョトンとした。

「ちょっと待ってくださいよ兄貴。なにも傷心したからっていきなり豆腐屋になることはないでしょう」

「いいんだよ。あのね、竜田川の実家は豆腐屋なの」

「へえ。実家がね」

「そう。代々豆腐屋」

「代々とは年季が入ってる」

「二人に振られた竜田川は、くさって、やけ酒は呷《あお》る、博打《ばくち》に走る、稽古はしねえ。もう強い相撲取りではいられなくなったってこと。土俵へ上がっても、これがどこから知れるんだか判らないが、〝振られ相撲、振られ相撲〟とからかわれる」

「そりゃたまんないね」

「だろ。だからすっぱり相撲の世界から足を洗って田舎に帰った」

「帰っちゃったんですか」

「そうよ。それで実家の豆腐屋を継いだ」

「それでどうしました」

「で、月日の経つのは早いもので、十年経った」

「ある日の夕暮れ、竜田川が、臼《うす》へ豆を入れて挽《ひ》いていると、やせ衰えて、ボロボロの服を着た女がやって来た。杖《つえ》をついて歩いている女乞食《こじき》だ」

「哀れな女だね」

「その女が竜田川に言った。〝二、三日なにも食べておりませぬ。卯《う》の花を少しばかりいただけませんでしょうか〟」

「卯の花ってえと、おからのことだね」

「そう。豆腐屋にはおからがたくさんある。竜田川も乞食女の哀れな境遇に同情して、おからをすくって女の手の中に入れようとして、顔を見て驚いた」

「どうしたんです」

「これがお前、驚くなかれ、十年前に竜田川を振った、花魁の千早太夫」

「え」

「驚いただろう」

「そりゃ驚きますよ。花街で全盛を謳《うた》われた花魁が、どうしてまた乞食なんかになったんです」

「お前はいちいち細かいことを訊くね」

「そりゃ早い」

「そりゃ訊きたくなりますよ。だって名のある花魁ですよ。それが乞食になりますかね」

「しょうがないだろ、なっちゃったんだから。人間、なろうと思えば何にでもなれる。乞食になろうとしたらすぐにでもなれるよ。お前もなってみるか」

「厭ですよ」

「まあ千早太夫は言ってみれば罰が当たったんだな。客を手玉に取って、騙《だま》して、その金で自分は贅沢《ぜいたく》を尽くした。その結果、悪い病を客からもらって花魁が務まらなくなったってえわけだ。それで乞食に落ちぶれて、流れ流れて竜田川のやってる豆腐屋の店先に立った」

「どうも偶然が過ぎるね」

「偶然ではない。もともと千早太夫の実家も竜田川の家の近所だった」

「本当ですかい」

　熊が疑わしそうに八を見た。

「疑うんじゃないよ。本当なんだから。で、もしお前だったらおからを千早太夫にやるか、やらないか」

「あたしなら、やらないね」

熊はキッパリと言った。

「あんなに思っていた自分を袖にした女ですぜ」

「そうだろう。竜田川もそうだった。女乞食が千早太夫だと判ると当時の怒りが甦《よみがえ》った。〝お前は十年前、俺を振った千早太夫だな。てめえのお陰で、俺は相撲人の栄華を棒に振ったんだ。そのことよもや忘れはしねえだろうな。どの面下げて物乞いに来やがった〟って叫ぶと、逃げようとする女乞食の胸ぐらをどーんと突いた」

「へえ」

「突いたのが元相撲人、突かれたのが食べ物も碌《ろく》に食べていない女だからたまらない。よろよろっとよろけると、豆腐屋だから前に大きな井戸がある」

「なるほど」

「この井戸の脇《わき》に柳の木が一本あった。女乞食はこの柳の木に背中がどーんと当たる。そして空を恨めしげに睨《にら》んで、前非を悔いたか〝面目ない〟とそのまま井戸の中へどぶーんと身を投げた」

「面白くなって来やがったね。それから千早太夫は化けて出ますね」

「化けない」

「へ」

「化けないよ。これでおしまい」

「そんなことはないでしょう。せっかく兄貴が面白い話をしてくれようってんだから」

「面白い話じゃないよ。お前も何をボンヤリしてるんだ。他人にものを教わっておいて」

「あたしは何か教わりましたかね」

「教わっただろう、百人一首の話」

「百人一首……それがどうしたんで」

「どうしたんで、じゃないよ。よく考えてごらん。いいかい、竜田川が千早太夫に振られただろう」

「へえ」

「だから〝千早振る〟じゃねえか」

「ええ、今の話は、あの歌の話ですかい」

「他に何があるってんだよ」

「あたしはてっきり新手の怪談話かと」

「だからお前は粗忽者だってんだ。千早に振られた後で、竜田川は妹分の神代に言い寄ったが、神代も竜田川の言うことを聞かなかった。だから〝神代も聞かず〟だ」

「ははあ」

「十年後に落ちぶれて女乞食になった千早が、竜田川の豆腐屋の店先で、おからをくれって手を出しただろ」

「へえ。でも竜田川はおからをやらなかった」

「だから〝からくれないに〟だ」

「〝からくれない〟ってのは〝おからをくれない〟って意味だったんですか」

「素直に読めばそうなる」

「まいったねどうも。で、そのあと千早は井戸へ飛びこみましたね」

「井戸へどぶーんと飛びこめばどうなる」

「さあ」

「水を潜ることになるだろう。だから〝水くぐるとは〟だ」

「なるほどねえ。井戸へ飛びこんで〝みずくぐるとは〟か。でもおかしいな」

「何がおかしい」

「水を潜るんなら〝水くぐる〟でいいでしょう」

「うむ」

「〝みずくぐるとは〟てえのは何です。おしまいの〝とは〟っていうのは」

「お前も細かい男だね。〝とは〟ぐらい負けとけ」

「負かりませんよ。きっちり片がつかないと気持ちが悪い性分なんだ。きっちり教えてください。〝とは〟ってえのは、いったい何です」

「うむ、その〝とは〟というのは……後でよおく調べたら、千早の本名だった」

異譚・湯屋番

八五郎《はちごろう》と熊《くま》が夕暮れ、寂れた居酒屋で煮豆《にまめ》を肴《さかな》にちびちびと酒を飲んでいた。

「この間、いい事があってね、八つぁん」

「親でも死んだか」

「なんてこと言うんだよ」

「済まねえ」

「もっといい事だ」

熊は笑みを浮かべた。

「なんでえ。隠さずに言え」

「別に隠すつもりはないよ。あたしから言い出したんだから」

「自分から言い出すとは、とうとう気が咎《とが》めたな」

「咎めませんよ。あのね、銭が入った」

「ほう、珍しいな」

「珍しくはありませんけどね、いつもより余計に入ったの」

「この悪党」

「人聞きの悪いこと言わないでくださいよ。仕事を覚えたんですよ、それで、それまでよりも稼げるようになった」

「掏摸《すり》か」

「あたしは鳶《とび》でしょ」

「そうだった、似てるから間違えた」

「似てませんよ、酷《ひど》いねどうも」

熊は猪口《ちょこ》を一口呷《あお》る。

「たしか政五朗《まさごろう》さんのところで働いてたんだったな」

「覚えてるじゃないですか、八つぁんも」

「べらぼうめ、こちとら一度聞いたことは二度と思いださねえんだ」

「暮らしが不便ですよ、それじゃ」

二人は良い気持ちで莫迦話《ばかばなし》をしている。

「しかし熊が稼げるようになったとは目出《めで》てえや。奢《おご》れ」

「いきなりそこに持ってきますか」

「なに、お前だってそのつもりでおいらを誘ったんだろう」

「まあ、そんな気もなきにしもあらず」

「この野郎。少々銭が入ったからって異国の言葉を使いやがって」

「別に異国の言葉じゃありませんよ」

八五郎の勢いを逸《そ》らそうとしたのか、熊は往来に目を移した。

「お、大店の若旦那《だんな》が通りますぜ。ちきしょう、いい服着てやがる」

「羨《うらや》ましがってもしょうがねえ、俺たちには腰切半纏《ばんてん》で上等だ」

「そうですね。いくら前より稼げるようになったからって、若旦那とは実入りが違う」

「そうだそうだ」

八五郎は煮豆をつまんだ。

「あれ」

熊が声をあげる。

「どうした」

「あいつ、新しい下駄《げた》を買ったのかな」

熊の目の先を見ると、往来に源太が歩いている。

「いつもの下駄じゃないよ。源太の下駄は鼻緒が青いから。あれは濃紫《こむらさき》だ」

「本当だ。悪事でも働いたか」

「八つぁんは何でも悪事に結びつける」

しばらく酒を飲んでいると、また知った顔が通った。

「弥太郎《やたろう》だぜ」

「あれ、弥太郎の下駄もいつもの下駄じゃねえ。弥太郎はすり切れた下駄を履いてるけど、あれは新品ですよ」

「お待ちどうさま」

店の親父がつまみの焼き魚を運んできた。魚の焼けた匂《にお》いに醤油《しょうゆ》の匂いが混ざって、食欲をそそる。

「親父、酒を後二本」

「へえ。ありがとうございます」

親父はお辞儀をすると引っこんだ。しばらくすると熊が噎《む》せかえった。

「どうした」

「いやね、また知ってる野郎が通ったんだが、下駄が違う」

「何だと」

「不思議だな、どうしてみんな自分のと違う下駄を履いてるんだ。これは謎《なぞ》だ」

「日常の謎ってえやつだ」

八五郎はそう言いながら往来を眺めた。酒を噴き出す。

「どうした八つぁん」

「裸足《はだし》の奴《やつ》がいるよ」

「え……」

熊が往来を見ると、たしかに裸足で、急いでいるのか小走りに過ぎてゆく男がいる。

「知り合いか」

「滅相もねえ。さすがに往来を裸足で歩くような知り合いはいねえ」

親父が追加の酒を二本、運んできた。

「一体全体どうして違う下駄ばかり履く奴が通るんだ。挙げ句の果てに裸足で急いでいる奴」

「近頃は妙な人間が増えたようで」

親父はそう言いながら二本の徳利を台に置いた。

「不思議だな。その訳《わけ》を知りたいものだが」

「余程の粗忽者《そこつもの》のようだな。熊、お前も気をつけろ」

そう言った途端、八五郎は手許《てもと》を誤って徳利をひっくり返した。

＊

数刻前……。

かつて某藩主の嫡男《ちゃくなん》、熊川吉右衛門《くまがわきちえもん》、現在、粗忽長屋で熊として暮らしている男を葬り去ろうとした張本人たちが、江戸屋敷の首謀者の部屋でひそひそと内輪の話をしている。

「吉右衛門殿の死亡が認証され、若が世継ぎとなられたのは目出たいが」

若とは熊川吉右衛門の異母弟で、熊川虎右衛門《とらえもん》のことである。

「吉右衛門殿一派の重鎮、大多和権左右衛門《おおたわごんざえもん》が我が藩の財を一切合切、隠してしまっていたのだ」

男は一段と声をひそめる。

「うむ」

「大多和はあれでなかなか細かいところに頭が回る」

「捕まえて吐《は》かせるか」

「そのような事ができるわけがなかろう。奴は吉右衛門殿と違って用心深い男だ。

おめおめと捕まるとは思えぬし、捕まったところで財の在処《ありか》を易々と吐くとも思えぬ」

「ではどうするのだ。これでは藩政が思うように立ちゆかぬ」

「なんとか財の隠し場所を割り出せればよいのだが」

この一派は八方手を尽くして財の在処を探していたが、見つからなかった。

襖《ふすま》がいきなり開いた。侍たちは一斉に刀を手に取った。だが入ってきたのは仲間だった。

「どうした」

「耳寄りな話を聞いたぞ」

「何だ」

「財の隠し場所についてだ」

侍たちは色めきたった。

「どこだ」

「うむ、それがな、大多和権左右衛門めもこのところ、万が一のことを考えるようになった」

「用心深い奴のことだ。自分が襲われて、突然、命を落とすことも考えているのだろう」

「だからそのような時のために、財の隠し場所を記したものを用意しているのだ」

「それは真《まこと》か」

「うむ。内々に探らせていた者からの知らせだ。間違いない」

「で、その財の隠し場所を記したものは、どこにあるのだ」

「吉右衛門殿の下駄の鼻緒だ。財の隠し場所を記した布を、鼻緒として吉右衛門殿の下駄に使っていたらしい」

「なるほど。おいそれと見つからぬ筈《はず》だ」

「で、まだあるか、吉右衛門殿の下駄は」

侍たちは考えこんだ。

「吉右衛門殿は亡くなられた。だからおそらくそのとき、下駄も片づけたと思うが」

「いや待てよ」

一人の侍がやや大きな声を出した。

「思い出した。まだその下駄は始末してはおらぬ」

「そうか。どこにある」

「虎右衛門様が使っておられる筈だ」

「なに」

吉右衛門の異母弟である虎右衛門は、家臣たちと違い、吉右衛門をよく慕っていた。吉右衛門と同じようにふらりと町に出ることを好んだ。その際、町人として歩きたいので、やはり下駄を履いた。

「虎右衛門様は今どこに」

「表に出かけられたぞ」

「履き物を調べろ」

男たちは一斉に部屋を飛び出した。裏口に向かう。虎右衛門がお忍びで表に出るときは、いつも裏口を使うのだ。男たちは裏口に着くと、虎右衛門の履き物を調べた。

「下駄がないな」

「履いて出られたのだ」

「その下駄は」

「おそらく、吉右衛門殿の形見の下駄」

男たちは顔を見合わせた。

「無事に帰ってこられると思うが、万が一という事もある。虎右衛門様を探しに行こう。下駄の鼻緒に財の在処が記されていると判《わか》った今、ただ手を拱《こまぬ》いて待っているわけにもいくまい」

「うむ」

男たちは頷《うなず》き合うと、自分たちの履き物を探した。

＊

虎右衛門はいい心持ちになって往来を歩いていた。小姓を一人連れている。それは幼い頃からの遊び仲間でもあった。名前は宮本守之助《みやもともりのすけ》。

「やっぱり町はいいね」

虎右衛門は吉右衛門から良く、町歩きの楽しさを教えられていた。

「下々の暮らしぶりを知るのも、また殿の心得の一つかと思われます」

小姓の守之助も、虎右衛門の町歩きを悪いこととは思っていなかった。

「風が少々、強いのが難儀ですが」

「風ぐらいでめげていてはいけない。ほら、あそこにいい女が通るよ。江戸屋敷にもいい女はいるけど、町娘もなかなかのもんだね、元気があって」

守之助が頷く。

「あ」

虎右衛門が女に見とれて道の小石につまずいて転んだ。

「大丈夫ですか、虎右衛門様」

小姓が倒れた虎右衛門に駆けより、抱き起こす。

「し。私は虎右衛門じゃありませんよ。町では越後縮緬問屋《ちりめんどんや》の光右衛門《みつえもん》」

「殿は商人には見えませぬ」

小姓は虎右衛門の着物についた土を払い落とす。

「もう城へ戻りましょう。家老たちが心配しています」

「うん」

歩こうとしたとき、また躓《つまず》いた。

「落ち着いてください、殿」

「下駄の歯が折れたよ」

「え」

「下駄の歯。これでは歩けない」

小姓が虎右衛門の足元を見ると、たしかに下駄の歯が折れている。

「角を曲がったところに下駄屋があった筈。そこで直させましょう」

「そうかい、早くしておくれよ。私はけんけんで城まで帰るのはご免だよ」

「判っています」

小姓は虎右衛門に肩を貸した。

「ささ、こうして歩きましょう」

「うん、済まないね」

間口一間ほどの下駄屋に着くと、小姓が下駄屋の親父に虎右衛門の下駄を見せた。

親父はすぐに事情を察した。

「歯が折れましたな。直しましょう」

「直すなんて、そういうせこい事はしない。新しいのを買いますよ」

殿が言った。小姓も頷いている。

「それはありがとうございます」

景気のいい話にそれまで渋面だった下駄屋の顔もほころぶ。

「店で一番いいのを貰《もら》おう」

「へい」

親父は慌てて棚から高い下駄を見繕《みつくろ》い始めた。

＊

飛びこんできたどこかの大尽《だいじん》の客に下駄屋の親父は面食らいながらも喜んだ。

(店でいちばん高い下駄をくれとは豪儀《ごうぎ》だ。お陰で創業以来、初めて高い下駄が売れた)

おまけに今まで履いていた下駄を置いていった。

(これだって安い下駄じゃない)

鼻緒にも高い布を使っている。

(下駄の方は歯が欠けて使い物にならないが、鼻緒は他の下駄に使えますよ)

親父は薄暗い店の奥で、大尽の客が置いていった下駄の鼻緒を外して、新しい下駄につけた。なかなか見栄えがする。親父がその下駄を棚に出すと、すぐに馴染《なじ》みの客がやってきた。大工の卯吉《うのきち》である。

「親父。下駄をくれ」

「どれでも見てください」

卯吉は店の中を物色し始めた。

「相変わらずしけた下駄しか置いてねえな。こちとら火事が続いたんで小金が入ったんだ」

「火事場泥棒ですか」

「人聞きの悪いことを言うな。おいらは大工だ。火事で家が焼けたら仕事が増えらあ」

「ああ、だから火を点《つ》けて廻《まわ》った」

「殴《なぐ》るぞこの野郎」

だが小金が入って気分がいいのか、口ほどに気を悪くした風でもない。

「小金が入ったのならこちらの下駄などはいかがでしょう」

親父は今し方、拵《こしら》えたばかりの下駄を差しだした。大尽の客が置いていった下駄の鼻緒で新たに作った下駄である。

「ほう、なかなかいいな」

「鼻緒にいいものを使っています」

「いくらだ」

「へえ。お客様なら百六十文にしておきますが」

「買った」

「ありがとうございます」

親父は馴染みの客の気が変わらないうちに、すばやく下駄を渡した。

(今日はついている)

親父は一人でほくそ笑んだ。大尽の客が来て高い下駄を買ったかと思うと、今度は置いていった下駄の鼻緒から作った下駄があっという間に売れた。

(これも日頃の行いがいいからですよ)

親父はそろそろ店仕舞いをしようかと店内を片づけ始めた。

*

虎右衛門おつきの某藩の侍たちがようやく往来を歩いている虎右衛門と小姓の守之助を見つけた。

「若」

「おう、お前たちもお忍びかい」

「拙者《せっしゃ》等は忍ばなくても町ぐらい歩けます」

「いい身分だ」

「それより若」

侍たちは虎右衛門の足元を見た。

「いつもの下駄と違うようですが」

「ああ、これか」

「吉右衛門様より譲り受けた下駄は今日はお屋敷に置いてきたのですか」

「そうではない。歩いている途中で歯が折れたのでね」

「え」

侍たちが大きな声をあげる。

「縁起が悪いだろ」

「そういう事ではありませぬ」

「じゃあどういう事なんだ」

「いえ、それは……」

「若。下駄はどうしました」

一人の侍が意を決したように若に訊《き》く。

「こう見えてもあたしは藩主だろ。ケチな事はできませんよ。だから新しい下駄を買った」

「元の下駄はどうしました」

「下駄屋に置いてきたよ」

「下駄屋に……」

侍たちは呆気《あっけ》にとられたように絶句した。

「行こう。急がないと」

ようやく一人の侍が言葉を絞り出すと、侍たちは下駄屋に向かって走り出した。

「おいおい。走ったらいけませんよ。お忍びは歩くに限ります」

だが虎右衛門の声は侍たちには届いていなかった。

＊

店仕舞いをしようとしていたところに、数人の侍がドヤドヤと入ってきた。

「親父」

「へえ」

「この店に下駄を買いに来た者がいるだろう」

「へえ。うちは下駄屋ですから、それ以外のかたはあまりおいでになりませんが」

「そうではなくて、こう、身形《みなり》の良い若いおかたが」

「身形の良いおかた……。いらっしゃいました。このところ身形の良いおかたはお一人しかいらっしゃいませんから、きっとそのかたでしょう」

「そのおかたが下駄を置いていっただろう」

「へえ」

「出せ」

「こちらでございます」

侍たちは顔を見合わせた。下駄が見つかったという安堵《あんど》の気持ちからだろう。

親父は店の奥から虎右衛門が置いていった下駄を探し出した。

「親父、鼻緒は」

「へえ。別の下駄につけさせて頂きました」

「だったらその別の下駄を出せ」

「それが、あっという間に売れてしまいまして」

「何だと」

「いい鼻緒でしたから、買われたかたも大層、気に入られた様子」

「誰だ、誰がその下駄を買ったのだ」

親父は侍の剣幕に驚いた。

「大工の卯吉という男ですが」

「その者は今どこにいる」

親父は必死になって、卯吉がいそうな場所を考えた。

「おそらく今時分なら、湯屋にいるでしょう」

「湯屋だと」

「へえ。今日は風が強うございましたからな。埃《ほこり》を落としに、湯屋に行ったに違いありません」

「どこの湯屋だ」

「小伝馬町《こでんまちょう》の松ノ湯で」

「松ノ湯……」

一人の侍が、親分格の侍に耳打ちをする。

「すぐにその湯屋に行きましょう。中を覗《のぞ》いて、若の鼻緒を使った下駄を見つけたら、かまわないから持ってくればいい」

「うむ」

相談がまとまると、侍たちは松ノ湯へ急いだ。

＊

政五朗と女房のお茂《しげ》が卓袱台《ちゃぶだい》で水を飲みながらひそひそと話していた。

「お前さん、どうする気だい」

「どうするって、何を」

「決まってるじゃないか。二階の居候《いそうろう》だよ。いつまでもうちに居坐《いすわ》って」

「それだ。俺も弱ってる。あの人のおとっつぁんに、俺はずいぶん世話になったからなあ」

二階にいる居候とは、山本屋《やまもと》という呉服屋の若旦那で、助三郎《すけさぶろう》という二十四歳の若者である。

「そのおとっつぁんに勘当されたんだろ」

「しかし居るところがないってんだからしょうがねえ」

「それが人がいいってんだよ」

「多少のことは我慢しろ」

「多少じゃありませんよ。家に置いても、よく働いてくれたらまだ置き甲斐《がい》もあるけどね、あの人は本当に無精ですよ。一日中、寝てばかりなんだから」

「起きる時があるだろう」

「ありましたかね、そんな時が」

「ほら、飯の時」

お茂は一瞬、口を開けた。

「たしかに起きてきますね」

政五朗は頷く。

「飯時分になると二階からぼうっと降りてきて、おまんまを食べたらまた二階に戻りますよ」

「他には降りてこないかい」

「降りてきませんね。あんまり何もしないから〝若旦那、あなたは横のものを縦にもしないんですね〟って言ってやったら〝じゃあその長火鉢《ながひばち》を縦にしようか〟だって」

「面白いことを言う」

「感心してどうするんですか。あたしはもうご免ですよ」

「そう言うなって。恩を売っておけば先行き、またいい事もあるだろうから」

「あるもんかね。親だって見放した代物だよ」

「それもそうか」

「なんとか話をしておくれよ。じゃなかったらあたしが出てゆくよ」

何もしない居候を置いて女房に出て行かれたのではたまらない。政五朗は若旦那、山本屋助三郎に意見をする決心をした。

「しょうがねえ。今から意見をしよう。お前、すまないがちょっと出かけてこい」

女房を隣に追いやると、政五朗は二階に目をやった。

（なるほどよく寝るね。もう昼だよ）

呆《あき》れながらも大きな声で助三郎を呼んだ。

「もし若旦那。起きてください。若旦那」

「寝ちゃいませんよ」

助三郎の声が聞こえる。

「起きてるんですか」

「起きているともつかず、寝ているともつかず」

「どうしてるんですか」

「枕を抱えて横に立ってる」

「訳の判らないことを言ってねえで降りてきてください。話があるんです」

「急ぎの話か」

「急いでますね」

「じゃあお前が上がってきた方が早い」

「無精なこと言ってないでサッサと降りてきてください」

「うるさいね。居候にはなりたくないね。あたしは若旦那って言われてたんですよ」

「何をモゾモゾ言ってるんです。顔を洗ったんですか」

「いま洗いますよ。しかし顔を洗うったって面白くないね。前だったら女の子がぬるま湯を金盥《かなだらい》へ汲《く》んで二階へ持ってきてくれる。口をゆすいでいざ洗う段になると女の子が後ろへ回って袂《たもと》を押さえてくれる。それに引き替えこの家はどうだい。金盥もないよ」

助三郎は傍《かたわ》らの桶《おけ》を見た。

「桶だよ。この桶が不潔だね。雑巾《ぞうきん》を絞ってまたこれで顔を洗おうってんだから勇気がある」

「何をグズグズ言ってるんです。早く顔を洗ってください」

「もう洗いましたよ」

「顔を拭《ふ》かないんですか」

「この間、手拭《てぬぐ》いを二階の手すりへ掛けておいたら風で飛ばされちゃったんだ。それからというものは顔は拭いたことがない」

「どうするんですかい」

「干すんだよ。天気のいい日は乾きが早くて気持ちがいい」

「しょうがねえな。手拭いをあげますから」

「ありがとう。やっぱり顔は干すより拭いた方がいいね」

助三郎は顔を拭くと手を合わせて拝み始めた。

「何を拝んでるんです」

「朝起きたらお天道様へご挨拶《あいさつ》するんです」

「お天道様はもう西へ廻ってますよ」

「じゃあお留守見舞いだ」

「そんなものはしなくていいです。それよりお茶が入ったからどうぞ」

「ありがたい。朝茶はその日の災難を避けるなんてことを言いますからね」

助三郎はそう言いながらお茶を一口啜《すす》る。

「もう少しいいお茶だといいんだけどね。これは買ったんじゃありませんね。お葬式のお返しかなんかだろう。それにお茶請けがないってのも珍しいですよ。せめて炒《い》り豆でも……」

「うるさい人だね、若旦那は」

「まあいいか。ごちそうさま。ではおやすみ」

「寝ないでくださいよ、せっかく起きたんだから」

「でも用がないんだから」

「用ならありますよ。話があるんです。こんなことは私も言いたくないけどね」

「あたしだって聞きたくない」

「それじゃ話ができない」

「おやすみなさい」

「待ちなさいよ」

政五朗は二階へ戻ろうとする助三郎の袖《そで》を摑んだ。

「ねえ若旦那。あなたいつまでもうちの二階でごろごろしててもしょうがないんだから、どうです。ひとつ奉公でもしてみませんか」

「奉公だって」

「そうです」

「まだ食べた事はないね」

「食い物じゃありません」

助三郎がなんとか逃げようとしている事を政五朗は察した。

「逃げないでくださいよ、若旦那。働かないで暮らしてゆくわけにもいかないでしょう」

「しょうがねえなあ」

「若旦那のことを思って言うんですよ。もう行き先も見当がつけてあるんですから」

「そこまで言うならやりましょう。奉公でも鬼の征伐《せいばつ》でも何でもやりますよ」

「奉公と鬼の征伐を一緒にしなくてもいいです」

「で、どこなんだい、その奉公先ってえのは」

「その気になりましたか。場所は小伝馬町ですがね。わたしの友達で半兵衛《はんべえ》って親父が松ノ湯って湯屋をやってるんです。そこで奉公人をひとり欲しいって言ってるんですがね」

「お、湯屋。いいですね。一番いいって言っても過言ではありませんよ」

「気に入りましたか」

「その前にひとつ訊《き》きますけど、その湯屋には女湯はあるだろうね」

「そりゃありますよ」

「決まった。気に入りました。行こうじゃありませんか、その湯屋」

「じゃあ手紙を書きますから」

「そうかい。お前の家にもずいぶん世話になった」

「いや、世話ってえほどの事はできませんでしたが」

「それもそうだな」

「なんだい、ご挨拶だね」

「謙遜《けんそん》するな」

「謙遜してる訳じゃねえが……。まあ奉公は辛《つら》いでしょうが、我慢なすって。半兵衛さんにはわたしから折を見てよく話をしておきますから」

「済まないね。そうだ。世話になったお礼と言っちゃ何だが、お前の家にいくらかやりたいね」

「そんな殊勝なことを」

「どうだい、一両もやろうか」

「そんなお金を持ってるんですか」

「いや、持ってないから気持ちだけ受け取ってくれ。そのうちの二分をあたしに貸してくれないか」

「ふざけちゃいけません」

「じゃあまあ、行ってきます」

助三郎は教えてもらった松ノ湯に向かって歩き出した。

（しかし人間の運命なんて判らないもんだ）

助三郎は道々、考え事をしながら歩いている。助三郎はすぐに頭の中に妄想《もうそう》が浮かぶ。

（つい前まで芸者に取り囲まれてたのに、親父に勘当されて鳶頭の家に居候。それが今日から湯屋奉公しようとは、お釈迦《しゃか》様でも気がつくめえ）

考えを巡らせているうちに松ノ湯に着いた。

「ここだここだ。こんちわ」

助三郎は暖簾《のれん》をくぐる。

「いらっしゃい、あ、あんた、そっちは女湯です」

「かまいませんよ、一向に」

「こっちがかまいますよ。こちらに廻ってください」

「いえ、あたしは客じゃないんで」

「客じゃない……。じゃあただの覗き」

「違いますよ、人聞きの悪い。こちらへ今日からご厄介になりたいんですがね」

「ご厄介といいますと」

「じれったいね。神明町《しんめいちょう》の鳶頭から手紙を持ってきたんですよ」

助三郎は親父に手紙を渡すと男湯に廻った。親父が手紙を読み終える。

「なるほど。そういう訳ですか。しかしこの手紙を読むとあなたは名代の道楽者」

「お褒めにあずかりまして」

「褒めてないよ」

「あたしはただ女の子に周りを囲まれて〝あらおにいさん、いや、そんなところに触っちゃ〟なんて、へへ、そういう事が好きなだけで」

「大変な人が来たな。大丈夫かな」

「見くびってもらっちゃ困りますよ」

「では初めのうちは外回りからやってもらいましょうかね」

「よ、いいね、外回り」

「そうかい。見かけによらず根性があるね」

「あたしは外回りが得意で。小金を懐《ふところ》に入れて、芸者を二、三人連れて、温泉場廻りをして来るという」

「そんな外回りはないよ。呆れたね。外回りというのは、大八車を引っ張って、木《き》屑《くず》だの鉋《かんな》っ屑だのを拾ってくるんだよ」

「ああ、それか。それは駄目だ。色っぽくないもの。汚い車を引いて、汚い股引《ももひき》に汚い頬被《ほおかぶ》り。汚い草履《ぞうり》をつっかけて」

「汚い汚い言うもんじゃありませんよ」

「実際、汚いもの」

「そんなことを言っていたらやる仕事などなくなります」

「では流しをやりましょう」

「流し……」

「女湯専門で」

「そんな流しがあるもんか」

「駄目ですか。仕方がない。じゃあ番台に坐《すわ》りましょう。番台ならよく見えるでしょう。へへ」

「何が見えるって言うんです」

「しらばっくれて。一人で見る気だな」

「弱ったね、この人は。番台はあたしと家内しか上がらない所なんだから」

「今日から家内にしておくれ」

「何を言ってるんだか。しかしそうだな、あなたは身元が判っている。わたしがご飯を食べている間だけ、代わりに番台に坐ってもらいましょうか」

「よ、結構。来たねついに。かねがね上がってみたいと思っておりました」

助三郎は番台に登り始める。

「待ちなさいよ、わたしがまだ坐ってるんだから」

「早く降りてくださいよ、じれったい」

「せっかちな人だね」

親父は面食らいながらも番台を降りた。入れ替わりに助三郎が番台に坐る。

「間違いのないように頼みますよ。なに、ただ金を受け取ってくれりゃあいいんだが。糠《ぬか》と糠袋は後ろの棚だ。履き物に気をつけて。間違えて履いてく奴がいるから」

「判りました。判りましたからさっさとおまんまを食べてきてください」

親父は不安な気持ちを残しながらも食事をしに部屋に戻った。

「いつもよりゆっくりと食べてきてくださいよお」

助三郎は首を伸ばして、親父の背中に声をかける。

「へへ、ありがたい。いっぺんここへ上がってしみじみと眺めたいと思っていたんだ。これは男の夢ですよ」

助三郎はさっそく湯船を覗く。

「なんだ、こっちは男湯か。毛深い奴がいるね、どうも。足なんか毛むくじゃらだよ。あの毛にコオロギが飼えるね。いやだね男は。昼間っから湯へ入って磨いてどうなるってんだろうね。いま入っている奴らが出たら入り口を釘《くぎ》づけにして男を入れるのをやめて女湯専門にしちまおう」

助三郎は自分の考えに満足した。

一人の侍がすうっと暖簾をくぐって入ってきた。だがその男は湯に入るでもなく、沓脱《くつぬぎ》の当たりを見回している。助三郎は胡散《うさん》臭げに男に目をやったが、すぐに女湯に目をやった。

「さてと」

番台の上で居住まいを正す。

「問題の女湯ですよ。ついにこの瞬間がやってきたってえ奴だ。待ち望んだ瞬間ですよ」

助三郎は女湯に顔を向けた。

「なんだ、一人もいないじゃないか」

拍子抜けがする。

「酷いねどうも。でもまあ、こうやっているうちに女湯も混んでくるでしょうよ」

どうやら助三郎は頭の中で考えを巡らせ始めたようだ。その間、先ほど入ってきた侍は湯にも入らずにまた出て行ってしまった。もしかしたら下駄でもくすねていったのだろうか。チラリとそんな光景が見えたような気もするが、助三郎は気にせずに妄想に耽《ふけ》る。

「そうなるとなんだね。あたしを見初める女も出てきますよ。〝まあ、今度来た番頭さんは粋な人じゃないか〟なんてね。そうなると、どういう女がいいだろうね」

妄想が広がりを見せ始める。

「堅気の女はいけないね。別れるときに死ぬの生きるのって面倒になるから。といって姥桜《うばざくら》や乳飲み子はこっちでご免被るし。主ある女は罪になるし。さあそうなると、意外とおあつらえ向きの女が見つからない。あ、そうだ。お囲い者ってえのがいいですよ」

助三郎は番台の上でポンと手を叩《たた》いた。

「そういう人になると湯へも一人じゃ来ないだろうね。女中に浴衣《ゆかた》を持たせて、歯の薄い吾妻《あづま》下駄なんか履いて……」

下駄の音真似《まね》をやり出した。

「あたしも挨拶をしなければいけませんよ。〝いらっしゃいまし。あたしは新参の番頭で。どうぞよろしく〟。女は番台をチラリと横目で見て、すーっと隅の方に行ってしまう。といってあたしが嫌いじゃないね。女中と、こそこそ話をしながら、ときどき番台の方を見るのが嫌いじゃない証拠」

助三郎の顔は自然にほころんでくる。

「しかしここが思案のしどころだ。むやみにニヤニヤしてると〝なんてにやけた男だろう〟なんて言われないとも限らない。かといって知らん顔もできないから、二、三度来るうちには女中に糠袋の一つもやりますよ」

助三郎は後ろの棚から糠袋を手に取った。

「女中がありがたがって〝まあ、すみませんねえ。たまにはうちにお遊びに〟なんて展開が予測されるね。で、さっそく遊びに行って、家を横領……。糠袋一つで家を横領ってわけにはいかないよ、さすがに」

助三郎は糠袋を台に置いた。

「何かいいきっかけはないかな」

助三郎はしばし思案する。

「そうだ。うまい具合に風呂の釜《かま》が毀《こわ》れてあたしの体が空いたとしましょう。これはいいね。暇だからふらふらと町へ出ますよ。それでその女の家の前を通りかかる。あたしの足へ女中の撒《ま》いた水がかかる。〃あれ、すみません〃と顔を見るとあたしだから〃まあお湯屋のお兄さんじゃありませんか〃〃おや、お宅はこちらでしたか〃。すると女中が〃ねえさん、お湯屋のお兄さんが〃と奥へ声をかける。普段から恋い焦《こ》がれていた男が来たもんだから、その女は奥からこう、泳ぐように出てくるね」

助三郎は番台の上で抜き手を切る。

「なんだよおい」

客の一人が助三郎を指さした。

「番台の上で泳いでる奴がいるよ」

「〃まあまあ、よく来てくださったわねえ〃」

助三郎はかまわずに妄想を続ける。

「〃いえ、今日はわざわざ来たわけではありません。知らずにお家の前を通りかかりまして〃〃そうですか。それでは今日はお休みなんですね〃〃はい。今日は釜が毀れて早じまい〃……。あんまりいい台詞《せりふ》じゃないね。そうだな。釜が毀れたんじゃなくて、墓参りなんかいいね。〃まあお若いのに感心なこと〃。こういう殿方は女にもさぞかし真面目《まじめ》だろうってんで二度惚《ぼ》れだ」

助三郎は一人で悦に入っている。

「〝どうぞ上がっていってください〟〝いずれまた〟〝遠慮しないでください。今日はあたしと女中のほか誰もいないんですから。お上がんなさいまし〟〝いえ、またあらためまして〟。女はあたしの手を掴んで離さない。〝お上がりなさいましよ〟〝そのうちに〟〝お上がりなさい〟〝いいえ〟〝お上がり〟〝いいえ〟〝お上がりッ〟」

「おいおい」

先ほどから番台の助三郎を見ていた客が連れの一人をつついた。

「見ろよ。あの番台の野郎だよ。お上がり、お上がりってえから湯から上がれってえのかと思ったら、てめえの手をてめえで一生懸命引っ張ってるぜ」

「本当だ。おかしな野郎が番台に上がりやがったな」

「面白いからしばらく見てよう」

助三郎の妄想はますます盛んになってゆく。

「無理に上げられて座布団に坐ると〝ちょいと、お玉、お支度をお願いします〟。するると、小さな卓袱台に酒肴《しゅこう》の膳《ぜん》が運ばれてきますよ。〝何にもありませんが〟。盃《はい》洗《せん》の猪口を取ると〝お一ついかが〟〝ありがとうございます〟ってんで、酌《つ》いでもらって飲むんだけど、この飲み方が難しい」

「今度は考えこんでるぜ」

見物人が増えてくる。

「いきなりグイっと飲んじゃ〝あ、この男は遊び人だ〟てんでズドーンと肘鉄《ひじてつ》だ。といって〝あたしはお酒の方はいけません〟なんてえと〝酒の飲めないなんて話せない男だねえ〟ってんで、ズドーンと肘鉄」

「何度も肘鉄喰《く》らわせてるよ」

「ここはどっちつかずに〝頂きますれば頂きます。頂かなければ頂きません……〟。それじゃ遠慮深い乞食だね。そうじゃなくて、盃を受けてちょいと口をつけて、あとは世間話だ。あんまり喋《しゃべ》ってばかりいると女が言いますよ。〝さっきからお話ばかりして、お盃が空きませんね〟。それじゃあってんでグイっと飲んで盃洗でゆすいだやつを〝はい、ご返盃《へんぱい》〟てんで、返し酌《しゃく》をする。向こうが飲んでゆすいで〝ご返盃〟とこっちへくれるやつを、あたしが飲んでゆすいで向こうへやる。向こうが飲んであたしにくれた盃を口につけようとすると、女の方で凄《すご》いこと言うよ。〝兄さん。今のお盃、ゆすいでなかったのよ……〟。ああああ」

「叫んでるぜ」

いつの間にか男湯の客全員が助三郎を見ている。

「そのうちに、お互いにだんだん酔いが回ってくる。こうなると、このまま帰るのも味気ないですよ。そうだ、雨が降るなんてのはいいね。やらずの雨だ。〃あら、雨ですわ。もう少しいらっしゃいな〃〃そういうわけには〃〃通り雨ですもの、じきにやみますから〃。ところがこれがやまないよ」

声に力が入る。

「だんだん雨足が強くなる。ここで雷《かみなり》かなんか鳴りますよ。それも威勢のいいやつ。ガラガラガラ、ガラガラガラガラ、ガラガラガラ」

「番台から雷落としてるぜ」

だが客たちは軀が冷えるのか、それとも助三郎の妄想に飽きたのか、だんだんと湯船に戻っていった。

「〃お玉や、雷だよ。怖いから蚊帳《かや》吊っておくれ〃。茣蓙《ござ》を敷いて蚊帳を吊ると、女中はさっさと自分の部屋に逃げこんじゃう。女は蚊帳に入るとあたしを呼ぶね。〃こっちへお入んなさいな〃なんてね。この辺でまた雷が落ちますよ。ガラガラガラ、ピシリっとくると、女は持病の癪《しゃく》で、あたふたしてるうちに気を失っちゃうね。〃女中さん、大変ですよ〃っても気がつかない。しょうがないからあたしは蚊帳をくぐって中へ入る。女を抱き起こして水をやるんだが、歯を食いしばってるからただじゃやれませんよ。盃洗の水をぐっと口へ含んでおいて、口から口への口移しってことに……へへへ、ばんざあいっ」

「番台の上で万歳してるよ」

ひとり残って助三郎を見ている卯吉が呟《つぶや》く。

「女はようやく気がつきますよ。目を細めに開けて、あたしを見てニッコリ笑う。〝ねえさん、気がつきましたか〟〝今の水のおいしかったこと〟〝今の水が旨《うま》いとは〟〝雷様は怖いけれど、わたしのためには結びの神〟〝なに、それなら癪は仮病か〟女はうつむき加減に頰を染めるね。あたしの方も女を抱き寄せる。〝おねえさん〟〝おにいさん〟〝おねえさん〟〝おにいさん〟」

「莫迦」

助三郎は卯吉に頭を叩かれた。

「何するんですか」

「何するじゃねえや、こっちが訊きてえよ、おかしな声だしやがって。なにが〝おねえさん〟〝おにいさん〟だ。こっちは帰るんだ」

「どうぞご遠慮なく早く帰ってください」

「帰れってたって、俺の下駄がねえじゃねえか」

「履いてこなかったんですか」

「ふざけるな。今日、買ったばかりの高い下駄だ」

たしかに先ほどまであったのだが、侍が顔を見せた後、なくなったようだ。

「下駄があればいいんでしょ。じゃあそこの隅の」

「これか」

「ええ。その下駄を履いてお帰りなさいよ」

「おめえの下駄か」

「ちがいます」

「なに」

「誰か中へ入ってるお客ので」

「その客はどうするんでえ」

「次の下駄を順々に履かせて、いちばんおしまいの人は裸足で帰します」

第二部　陰の符合

異譚・長屋の花見

安政《あんせい》五年（一八五八年）、春……。

今年は穏やかな気候で、上野や飛鳥山《あすかやま》など、江戸のあちこちで桜が咲き誇っていた。

粗忽《そこつ》長屋の団吉《だんきち》も、花見にでも行きたいものだと思いながら、金もないので長屋でゴロゴロとしていた。

「おう、団吉、いるか」

辰五郎《たつごろう》の声がした。辰五郎は同じ粗忽長屋に住む鳶職《とびしょく》だ。歳は三十。団吉と大して違わない。ギョロリと大きな目がよく動く。

「なんだ、大の大人が昼日中《ひるひなか》から家ん中でゴロゴロしやがって。お茶でも出しやがれってんだ」

そう言いながら辰五郎は団吉の家に上がりこんだ。

「お茶が目当てかい」

「そうよ」

「認めてやがる」

団吉は呆《あき》れながらも起きあがった。

「自分ちじゃ水しか飲めねえからな」

「しけてるね、どうも」

そう言いながらも団吉は二人分のお茶を用意した。

「何だい、こりゃ」

「お茶だよ」

「これが」

辰五郎は淹《い》れられたお茶をしげしげと見つめる。

「ずいぶん薄いね。京かどこかの新しいお茶かい」

そう言いながら辰五郎はお茶を口に含んだ。

「新しくはねえな、そのお茶っ葉は。先月から使ってるから」

辰五郎はお茶を噴き出した。

「汚《きた》ねえな辰」

「てめえが出涸《でが》らし飲ませるからよ、それも先月からの出涸らしだと」

「そろそろ替えようかな」

「あたりめえだ」

辰五郎は口元を手で拭《ぬぐ》う。

「お」

辰五郎が自分の湯飲みを覗《のぞ》きこんで声をあげた。

「どうした」

「言えねえ」

「水くさい、言えよ」

「馬鹿《ばか》野郎、茶柱ってえのはな、願い事をするまでは言っちゃいけねえんだ」

「なんだ、茶柱か」

「しまった」

辰五郎は空いている手で口を押さえた。

「ちきしょう、せっかく茶柱が立ったのに」

辰五郎は恨《うら》めしそうに茶を一気に飲み乾《ほ》した。

「早いとこ願い事をしておきゃ良かった」

「どんな願い事だい」

「なに、大した事はねえ。富籤《とみくじ》で千両ばかり当てて、若い別嬪《べっぴん》の女房を貰《もら》って」

「茶柱一本でずいぶん頼むね」

団吉は呆れた。

「しかも人の家の出涸らしの茶柱で」

「ケチケチするな」

「お前が欲張りすぎだよ。おいらだったら、そうだな。茶柱が立っていたら、花見に行きたいぐらいを頼むね」

「花見か」

「おうよ。ちょうどいい日頃じゃねえか」

「それもそうだな」

「どこの町内も花見に出かけてらあ。それをおいらたちの長屋じゃ」

「そんなに花見に行きたいかな」

外から声をかけられた。見ると家主《おおや》の高田甚六《たかだじんろく》である。高田は五十がらみの男で、いつも渋そうな顔をしている。

「これは家主さん」

辰五郎と団吉は家主に向かって坐《すわ》り直した。

「なるほど、花見の時期か。お前たちも花見に行きたいんだろうなあ」

「いえ、そういうわけじゃねえんだが」

二人は笑ってごまかした。家主は用があるのか、二人に軽く手を上げると去っていった。

*

甲賀《こうが》衆によって組まれた帝《みかど》の陰の組織がある。

京に八人、江戸に六人。普段はそれぞれ表の仕事を持ち、町人に紛れて暮らしている。だがいざ帝からの指図があれば、自分の命を犠牲にしても働くのが彼らの使命だった。

「お久しぶりでおます」

江戸、根津《ねづ》近くの居酒屋で、京訛《なま》りの男と呉服屋風情の男が話をしていた。周りは客たちの話し声で騒がしく、大きな声を出さないと向かい合わせでも聞こえないほどだ。

「どうですか、京のご様子は」

「あきまへんな。布の値が上がって儲《もう》けが薄うなってます」

江戸の呉服屋と、京から来た布の卸問屋が久し振りに会って話をしている。端《はた》からはそのように見える。だが二人は、帝の組織の、それぞれ京番、江戸番の者だった。

「次の大老は誰がよろしいか。それを探ってほしいのどす」

京の男が声を落として言った。周りはみな自分たちの話に夢中になって、二人の話など聞いていない。

「次の大老ですか」

京番の男は頷《うなず》いた。

次の大老を決めるという事は、その裏に、次の将軍を決めるという含みがあった。五年前、嘉永六年（一八五三年）に、第十二代将軍、徳川家慶《いえよし》が亡くなった。家定が十三代将軍となったが、病弱だったため次の将軍を巡って、譜代大名と外様大名の間で、争いが続いていた。

譜代大名たちは南紀派と呼ばれた。南紀派は血筋の良い紀州藩主、徳川慶福《よしとみ》を推した。

一方、薩摩《さつま》藩主、島津斉彬《しまづなりあきら》を始めとする外様大名たちは一橋《ひとつばし》派と呼ばれた。一橋派は、血筋よりも才を重んじ、英明であると評判の水戸藩主徳川斉昭の子、一橋慶《よし》喜《のぶ》を推した。

紀州藩主、徳川慶福を推す南紀派（譜代大名）と、一橋慶喜を推す一橋派（外様大名）、その両者の争いが決着を見ぬまま、五年の月日が流れてしまったのだ。

「そのことを帝は憂えていらっしゃる」

帝の真意は国の安定だった。政《まつりごと》は武家に任せているが、天子様と崇《あが》められ続けてきた太古の昔からの性《さが》がそれを求めていた。また、国の安定が帝の一族の安定をも意味していた。

「ここは南紀派、一橋派、両者の争いに決着をつけ、次の将軍を早急に決めなければなりませぬ」

江戸番の男は頷く。

「そのためにはまず大老を決める事が肝要どす」

「大老職か……」

「そうどす」

「実は南紀派が、井伊直弼《なおすけ》を大老にと目論《もくろ》んでいる事は内偵で摑《つか》んでいる」

「なるほど。井伊殿は血筋を重んじるおかた。同じように血筋を重んじる南紀派が井伊殿を担ごうとなさるのは理に適《かな》っておます」

江戸番の者が頷いた。

「問題はそれが帝にとって良い事か悪い事か」

京番は難しい顔をして頷いた。

「ほなら、あなたがた江戸番の者で、井伊殿が大老に相応《ふさわ》しい人物かどうかを探っておくれやす。それを帝にお伝えいたします。その暁には、帝から内密に、一橋派と南紀派の大名たちに伝えましょう」

南紀派も一橋派も、長引く争いに倦《う》んでいた。それぞれ帝の側近の公家たちに口添えを貰おうと運動もしている。お互いの勢力が拮抗《きっこう》しているせいで、決着がつかず、みな帝の調停を待っているのだ。

「判りました」

「帝が決を下せば、南紀派と一橋派の連中も納得がいく事でしょう」

京番の者は猪口《ちょこ》を空ける。

「そやけど、この事はあくまで内々に事を運ばなければあきません」

「心得ている」

「では、桜の花が散るまでに答を」

京番の男がそう言った時、江戸番の男は自分たちをじっと見ている目を感じた。

「し」

江戸番の男は顔を動かさず、笑顔のまま京番の男の話を遮《さえぎ》った。

「行きましょうか」

江戸番の男は立ち上がった。京番の男も、怪訝《けげん》そうな顔をしながらも従った。

表に出てしばらく歩くと、江戸番の男は辺りを見回してから小声で言った。

「店に妙な男がいた」

「公儀の忍びやろか」

「判《わか》らぬ。気のせいかもしれぬ。だが用心した方がいい」

「そやな。もし公儀の者なら、帝のお気持ちが、我ら甲賀の者の意を汲《く》んでいると知ったら少々厄介《やっかい》な事にならないとも限りません」

「となると次に会う時はあの店は使えぬ」

「もし、あなたさんの見た者が真に忍びなら、我らの顔も覚えられたっちゅうことですな」

「つまり我らは動けなくなったという事だ」

「ならばどうしましょう」

江戸番の男は口を噤《つぐ》んで考え始めた。やがて妙案が浮かんだ。

「花見を使ったらどうだろう」

「花見どすか」

「うむ。江戸は春。人々は花見に浮かれる頃。その花見を使えばよいではないか。花見なら人が大勢いて、我らが潜りこんでも目立たず、怪しまれない。またみな花に酔い、人に酔い、酒に酔っているので、周りの人間の動向など気にしないだろう」

「なるほど。妙案ですな。そやけど花見の場とはいえ、大事な事を口に出すわけにはゆきまへん」

「では予《あらかじ》め、合図を決めておこう」

「合図どすか」

「そうだ。江戸番の者は、花見の客を装う。そしてもし井伊大老任命という結論に達したら、酒の猪口の中に茶柱を立てる」

「猪口に……」

「そうだ。酒の中に茶柱を立てる者はいないから、これはよい目印となるだろう」

「なるほど。茶の中に茶柱を立てるのでは、たまたま茶柱が立ってしまう事もあるので良い合図とはなりまへんな」

「そういう事だ。酒の中に立てるから確かな合図となるのだ。また、井伊大老を任命しない事に決まれば、茶柱を立てず、ごく普通の花見客となる。その様子を、あなたがた京番の者がさりげなく見定めるのだ」

「酒の中に茶柱が立っていれば井伊大老。立っていなければ大老職は立てないという事ですな」

「そうだ。我らは顔を覚えられている懸念がある故、これらの事を誰か別の者にやらせるのだ」

「判りました」

「場所は、そうだな、飛鳥山にしよう」

江戸番の者は、京番の者に飛鳥山の場所を教えた。

＊

月番の団吉が長屋の住人を自分の家に呼んだ。

集まったのは団吉の他、辰五郎、八《はち》、熊《くま》、丈吉《たけきち》の五人である。

「どうした月番、朝っぱらから人を集めやがって。相撲《すもう》でもするのか」

「そうじゃねえや。家主から使いが来たのよ、仕事に出る前に家主のとこに集まれって」

「なんだろうな」

「それは判らねえんだが」

「どうせ碌《ろく》な事じゃねえぜ」

八が言った。

「店賃《たなちん》のことじゃねえかな」

丈吉が言った。長屋の中では一番の年嵩《としかさ》である。

「家主が店賃の事を言い出すなんて、不審だな」

八が息巻いた。

「不審てえ事はないだろう。催促して当たり前だ」

丈吉が諭《さと》すように言う。

「店賃の催促か。太え野郎だ」

八はまだ鼻息を荒くしている。

「太えのはお前さんだよ」

丈吉が八を窘《たしな》める。

「もっとも、あたしも実はここふた月ほど店賃を払っていないんだ」

丈吉が恥ずかしげな顔で言う。

「それはひでえ」

月番の団吉が言った。

「面目ない」

丈吉は頭を掻《か》いた。

「どうだ月番。お前さんは店賃の方はどうなってる」

丈吉は団吉に尋ねる。

「いや、俺《おれ》も面目ねえ」

団吉も頭を掻いた。

「面目ねえってところを見ると、お前さんも払ってねえな」

「それが、一回だけ払ったんで、お恥ずかしい」

「なんだ。一回払えば充分じゃねえか。店賃ってものは月々、一回払えばいいんだよ」

「月々一回払ってれば〝面目ねえ〟なんて事は言わねえだろう」

「そりゃそうだ。じゃあ一回ってえのは、今月じゃなくて先月か」

「はは。先月のを払ってりゃ天晴《あっぱ》れだ」

「じゃあ先々月か」

「もう一声」

「競《せ》りじゃありませんよ。あたしよりも上手《うわて》だね」

「上手も上手、丈吉さん辺りだと太刀《たち》打ちできねえ筈《はず》だ」

「太刀打ちするつもりはありませんけどね。お前さん、相当払ってないね」

「図星で」

「まさか去年のを一回払ったきりなんて事はあるまいね」

「去年払ってるんなら、なにも驚くことはねえ」

「すると、二、三年前か」

「二、三年前に払ってんなら、家主ももう少し待遇が良いだろう」

「よしなさいよ。いったいお前さんはいつ払ったんだ」

「そうさな。俺がこの長屋に引っ越してきた時だから」

団吉は指を折って数え始めた。

「今年で十二年」

「十二年……。干支《えと》が一回りしちゃいましたよ、まったく。驚かすぜ。おう、そっちはどうなってる」

丈吉は今度は辰五郎に顔を向けた。

「お前はこの長屋の草分けだ。恥ずかしい真似《まね》はしないと思うが、店賃の方はどうなってる」

「ああ、安心しろ。一回払ってある」

「ほら見なさい、さすが草分けだ。みんなも辰五郎さんを見習いなさい」

「へへ」

「で、辰五郎さん、払ったのはいつだ」

「親父の代に」

丈吉は坐ったままつんのめった。

「上手が出てきたね」

丈吉は溜息《ためいき》を洩《も》らした。

「そっちはどうだ、八。店賃は」

「なんだと、こんな汚ねえ長屋でも店賃を取るってえのか」

「出さねえでいいと思ってるのか」

丈吉は額の汗を手拭いで拭った。

「こうなると熊も心配になってきたね。ぼんやりした野郎だから。おう熊。まさかお前まで店賃の借りはねえだろうな。お前さんは越してきて間がねえんだから、団吉たちのような事はねえだろうな、どうでえ、店賃」

「ちょっとお伺いしますが、店賃というのは何です」

「おいおい。店賃を知らない奴《やつ》が出てきやがったよ。月々払うお銭《あし》だよ」

「それはまだ貰ったことはねえな」

「店賃もらう気でいやがる」

丈吉は頭に手をやった。

「さすが貧乏長屋、粗忽長屋ですよ。これじゃあ長屋を追い出されても文句は言えねえ」

「大丈夫。家主はああ見えても悪い人間じゃない」

「これだけ店賃を待ってくれてるんだから良い人間ですよ。そういう良い人間に金を持たしてやりたいね」

「そうだな。そうすりゃ借りに行ける」

「払わないうえに借りる気でいやがる」

丈吉は心底呆れかえった。

「まあ、呼び出されたんだから行ってみましょう」

「誰が行く」

「一人じゃ恐《こわ》いからみんなで行こう」

「そうだな。みんなで行けば恐くない」

「どっかで聞いたような文句だな」

長屋の連中は、わいわい言いながら家主の元に繰り出した。

＊

影の組織、江戸番の長老たちの間で、大老職についての結論が出た。

井伊直弼を次の大老には任命しない。それが結論であった。

帝にとって、日本にとって、それが最も良い選択であることを確かめ合った。

井伊直弼は紀州の徳川慶福擁立派、すなわち南紀派である。血筋的には慶福が最も理に適った選択だろう。一橋慶喜は英明で、次の将軍にふさわしいとする気運が高まってはいたが、英明である事を基に将軍を決めるのは異国風のやり方だった。日本は日本らしいやり方がある。そこに戻さなくてはならない。それが井伊直弼の考えだった。

この考え方は帝にとっても納得のいくものではあった。しかし、江戸番たちの調べにより、井伊直弼という人物が、危ない人物である事が判っていた。

もし井伊直弼が次の大老に任命されれば、やがて井伊は締めつけを厳しくし、幕府に逆らう者を厳しく取り締まり始めるだろう。それがやがて反発を呼び、その反発のうねりは日本を根底から覆す波を作るかもしれない。そうなればその隙《すき》を異国に突かれるやもしれぬ。それが心配だった。もし日本が異国に攻め込まれたら、帝にとっても憂慮すべき事態となる。

それを避けるためには、なんとしても井伊を大老に任命してはならぬ。そういう結論に至ったのだ。

京番の者へは、飛鳥山の花見を通じてそのことを伝える手筈になっていた。

江戸番の者は早速その支度に取りかかった。

＊

粗忽長屋の連中が、連れだって恐る恐る家主の元に出向いた。

「どうも、家主さん」

年嵩の丈吉が声をかける。

「お早うございます」

丈吉が気を利かせて挨拶《あいさつ》をすると、他の連中も次々に「お早うございます」「お早うございます」と声をかけた。

「おいおい、大勢で一遍に言わなくてもいいよ。うるさくてかなわない」

家主は少し困惑気味である。

「一人ずつ言っておくれ」

「では俺が月番だから、総名代で、お早うございます」

「総名代が後から言っちゃあ世話はない」

団吉が頭を掻いた。

「言われた通り、揃《そろ》って参りましたがね、お手柔らかに願います」

だが口とは裏腹に皆、戸袋の隅に固まっている。

「そんな所から声をかけないで、もそっと近くへ寄りな」

「いえ、ここで結構。近頃耳が近くなりやして」

「遠くなったってえのは聞いた事があるが、近くなったって奴があるか」

「へへ、すみませんがね、店賃の方はもう少し待って頂きてえんで」

丈吉の言葉を聞いて家主は笑い出した。

「なんだ、お前たちは店賃の催促と思ったか。そうじゃねえ」

「へえ。店賃の事は諦《あきら》めましたか」

「諦めはしないよ」

「物事は諦めが肝心だ」

辰五郎が言った。

「諦めたら商売になりませんよ」

「意外に執念深い人だね」

「酷《ひど》い事を言いなさんな。お前さんたちも頑張って払って貰わないと」

「気持ちだけは受け取っておきましょう」

「困った人たちだね」

家主は溜息をついた。

「まあいい。こっちへ来な」

家主に手招きされて、店子たちは恐る恐る家主の前まで進んだ。

「どうだい、いい陽気になったじゃないか。よその長屋はみんな出かけてますよ。お前さんたちも何かやりたくないかい」

「そうですね。よその長屋が出かけている隙《すき》に空き巣か何かを」

「恐ろしい事を言いなさんな。よその長屋はどこへ出かけてると思います」

「仇討《かたきう》ちにしては陽気そうだし」

「仇討ちじゃありません。花見ですよ」

「なるほど。言われてみれば桜の季節だ」

「うちの長屋も人様から貧乏長屋だの粗忽長屋だの言われて、あたしだって立場がない。そこでだ」

家主は膝《ひざ》を乗り出した。

「今日は一つ、長屋で花見に出かけようと思ってな」

「え、長屋で花見に」

「そうだ。それで貧乏神を追い払おうって寸法だ。どうだい」

「どうだいって言われても。そんな事で追い払えるような柔《やわ》な貧乏神じゃありませんよ」

「威張ってやがる。どうだい、行くのか行かないのか」

「でもどこに行くんです」

「飛鳥山だ」

「ははあ。飛鳥山は今が見頃だって噂《うわさ》に聞きましたからね。で、みんなで飛鳥山に行って、ただ一回り花を見て帰ってくるんですか」

「そんな間抜けな花見があるものか。酒、肴《さかな》を持っていって騒ぎますよ」

「え」

「いま空耳が聞こえましたよ。酒と肴を持ってくって」

「空耳じゃありません。ハッキリとそう言いましたよ。酒、肴を持って行かなくちゃあ、飛鳥山まで行く甲斐《かい》がありません」

家主は胸を張った。

「男だけで繰り出そうと思うんだが、どうだい」

「どうだいと言われても、その、酒と肴は」

「わたしの方で用意しましたよ」

「へえ、家主さんが酒と肴を」

「そうだ。ここに景気が良い事に一升徳利が四本あります。それにこの重箱だ。中には蒲鉾《かまぼこ》と玉子焼きが入ってる。どうだい、行くかい」

「行きますとも」

辰五郎が勢いこんだ。

「全部、家主さんの奢《おご》りとなりゃあ話が別だ。飛鳥山どころか、駿河《するが》や伊勢までだってお供しやす」

「はは、大げさだね」

家主は笑った。

「そうと決まればすぐに出かけようじゃあないか。今月と来月の月番に少々、骨を折って貰いますよ」

「誰だ、来月の月番は」

辰五郎が怒鳴った。

「お前だよ辰五郎」

「ああ、俺か」

長屋で一、二を争う粗忽者の辰五郎である。

「おいみんな」

今月の月番の団吉が声をあげた。

「家主さんにお礼を言わなきゃいけねえぜ」

「そうだな。どうもごちそうさまです」

「ありがとうございます」

みな頭を下げ始めた。

「いやいや、そうみんなに頭を下げられるとあたしだって恐縮する」

「そんな事はねえでしょう。酒、肴を振る舞おうってんだ。大威張りでいてくだせえ」

「向こうへ行ってから文句が出ても厭《いや》だから、今のうちに言っておこうか」

「へえ、何を言うんで」

「この酒はな、酒と言っても本物の酒じゃあない」

「え」

「番茶だ」

「バンチャと言いますと、どのような酒で」

「だから酒じゃなくてお茶だよ」

「お茶……」

「番茶の煮だしたやつをちょいと水で薄めたのさ。どうだい、酒のような色艶《いろつや》をしているだろう」

「まあ言われてみれば。でも番茶だったら向こうへ行けば茶店も出てる事ですし」

「これを酒と思って飲むんだよ」

「茶を酒だと思えって……。どうも様子が違ってきやがった」

「ちきしょう、驚いたね、酒盛りじゃなくて茶か盛りだよ」

「うまい事を言う」

「褒《ほ》められても嬉《うれ》しくねえ」

「どうも変だと思ったよ。この貧乏家主が、酒四升も買って俺たちを花見に連れてくなんざ、夢じゃねえかって思ったからな」

「でも八の兄貴」

熊が言う。

「文句を言っちゃ悪いですよ、蒲鉾と玉子焼きだけでも食わしてもらえるんだから」

「そうだな。これは俺が料簡《りょうけん》違いだった」

「おいおい、勝手に勘違いしないでくれよ」

家主が言う。

「蒲鉾と玉子焼きを本物にするくらいなら、その分、酒に回すよ」

「なるほど、理屈だ」

「どうも酷い事になってきたな」

「すると、この重箱の中は……」

「蓋《ふた》を開けてみなさい」

家主に言われて団吉が重箱の蓋を取る。

「蒲鉾に玉子焼きだ」

「蒲鉾は大根のお新香を半月形に切った物。玉子焼きは沢庵《たくわん》だ」

「沢庵……」

「騙《だま》しじゃねえか」

「文句を言いなさんな。精進料理を食べてる坊さんたちだって、畑で採れた物を肉だと偽って料理していなさる。元は豆腐なのに雁《がん》の肉だと偽ったがんもどきなど最たるものでな。要は気の持ちようだ。大根と沢庵でも、飛鳥山で飲んだり食べたりしたら、端からは立派な花見に見えますよ」

「そりゃそうだろうけどさ」

「ええ、おいらはちょっとこの花見は遠慮させて貰いやす」

　辰五郎が言った。

「そういう訳にはいきません。長屋の親睦《しんぼく》を兼ねた催しだ。それにさっきみんな、絶対に行きますって誓っただろう」

「酷いこと誓っちゃったね」

「まあ、向こうへ行きゃあ人も大勢でてるから」

「そう、がま口の一つや二つ落ちてるかも。それを目当てに……」

「そんな花見があるか」

丈吉が窘《たしな》める。

「しょうがねえ、行こうじゃねえか。家主さんには借りがあるんだ」

「言われてみれば碌に店賃を払ってる奴がいねえ」

「逆らえねえな」

「こうなったら自棄《やけ》だ」

相談がまとまったようだ。

「そうかいそうかい」

家主がようやく相好を崩した。

「やっとその気になってくれたかい。いやね、家主としても花見に行かないのはきまりが悪いと思っていたのでね。じゃあ団吉と辰五郎、お前たちは今月と来月の月番だからさっそく働いて貰おうか」

「とんだときに月番になっちまった」

「文句を言いなさんな。さあ、その後ろに毛氈《もうせん》があるから取ってきておくれ」

毛氈とは、獣の毛から作った高価な敷物である。

「どこにあるんですか」

「その隅にある筈だ」

団吉が隅を探した。

「家主さん。これは毛氈というよりむしろ筵《むしろ》ですぜ」

「くだらないこと言ってんじゃありません。いいんです。それが毛氈なんだから」

「わかりましたよ、はい、むしろ毛氈」

「余計な事を加えなくていい。いいかい、その毛氈を巻いて、中に心張り棒を通して担ぎなさい」

「そうですか。筵の包みをね。どうも花見に行く格好じゃないね。どう見たって土《ど》左衛門《ざえもん》を運んでる姿だよ」

「人聞きの悪い事を言うんじゃありません。さあさあ、徳利をみんな持って、猪口と茶碗《ちゃわん》も忘れないで。重箱は風呂敷に包んで心張り棒の縄にかけちまいな」

家主があれこれ指図を始める。

「さあ支度はいいかい。辰五郎が先棒で団吉が後棒だ」

「しょうがねえ、辰の兄貴、担ぎましょうか」

「うむ」

「では出かけよう」

「ご親戚のかたは揃いましたか」

「葬式じゃないよ」

家主が溜息をついた。

「さあさ、陽気に出かけようじゃないか」

「しかし辰の兄貴。どうもこう担いだ格好はあんまり様子のいいもんじゃねえな」

「そうだな。どうも俺たちゃあ担ぐのに縁があるな」

「そういえば……。去年の秋も、角の婆さんが死んだ時」

「そう。冷てえ雨が降ってやがった」

「あれきり墓参りには行ってねえけど」

「婆さん、今ごろ墓の中で寂しいだろうな」

「おいおい、花見に行くってえのに、暗い話はおよしなさい」

「それもそうだ。じゃあ明るい話を」

団吉はしばし考えた。

「昨日の晩」

「うん」

「寝てる時、行燈《あんどん》もねえのに部屋が明るくなった」

「人魂でも出たか」

「そうじゃねえ。燃す物がねえんで飯を炊くのに困って戸をはがして燃しちまった。うちには戸がねえんだ。だから寝ながらでも月灯りが漏れてくる」

「冬までに直さないと寒くて死にますよ。戸がなくて死すだ」

「シャレになんねえな」

「おいおい、なんて事するんだよ、店賃も払わないで」

「すみません」

　そうこうしているうちに人が出てきた。

「そろそろですぜ。賑《にぎ》わってきた」

「みんないい服装《なり》をしてやがる」

「こっちは着ているから着物で通ってるけど、脱げば雑巾《ぞうきん》にもならねえ」

「身形《みなり》で花見をするんじゃありませんよ。〝大名も乞食も同じ花見かな〟ってね」

「俺たちはどっちだろうな」

　前の棒を担ぐ辰五郎が後ろの団吉を振り返った。

「おい団吉。向こうから別嬪《べっぴん》が来るじゃねえか。着物もいいものを着ているぜ。高いだろうな」

「十両はかかってるぜ。大したもんだ」

「おめえと俺と合わせて、二人の着物はどのくらいかかってる」

「どのくらいって、おいらのは全部もらいものだからタダだ」

「なんでえ、お前もか」

「兄貴もですかい」

二人合わせてもタダだった。

「おやめなさい、真実を探るのは。周りの人も笑ってますよ。さあ、飛鳥山に入ってきましたよ」

「花は満開だな」

「どうだい、山の上の方に陣を張ろうじゃないか。見晴らしが良いですからね」

「見晴らしなんてどうでもいい。なるべく下の方が良いね」

「下は埃《ほこり》っぽいでしょうに」

「いえね、下の方が良いんですよ」

「どうしてです」

「上の方でみんな玉子焼きでも蒲鉾でも本物を食ってますからね、それがコロコロって転がってくる。それを返しに行くかと思いきや、あたしが食べちゃう」

「やめなさいよ。さもしいね。まあどこでもいいから陣取って毛氈を敷きなさい」

「判りやした。じゃあね、ここにこうして」

「おいおい。そんなに横に長く敷くものじゃありませんよ。もっと真ん中に固めて」

「いえね、こうやって一列に坐って通る人に頭を下げれば」

「やめなさいよ。まったく、何を言い出すやら。みんなで丸く坐れるように敷きなさい。そうそう、そうです」

長屋の連中は家主の言う通りに座を整えてゆく。

「重箱を真ん中に出しなさい。そうだそうだ。猪口は銘々が取って。徳利の栓を、抜いて。酌をして……。みんな猪口は持ちましたか」

「はい、持ちましたよ。どうやら落ち着いたようで」

「よし、じゃあ今日は無礼講です。遠慮しないで飲んでくださいよ」

「だれが茶を飲むのに遠慮するか」

「なんですか」

「いえ、こっちの話で」

粗忽長屋の花見が始まった。

＊

その頃、闇《やみ》の組織、江戸番の忍びたち五人は、打ち合わせた通りの格好で飛鳥山で陣を敷いた。

江戸番と京番、お互いに顔を知らないどうしだから、見定め方を念入りに示し合わせた。麓《ふもと》の、花のあまりついていない桜の木の下で、男だけで、花見客の中で一番みすぼらしい身形をした集まり。男だけのみすぼらしい集まりなどあまり見かけない。しかも見晴らしの良くない山の下の方で、花のあまり咲いていないところに陣取る集まりなどいるわけがないから、間違いようがないという考えだった。

「まあこの辺りで良いだろう」

江戸番の頭を張る忍びが枝振りのあまり良くない桜の下で言った。本当は遠くにもっと枝振りの悪い桜が見えたのだが、そこには先客がいるようなので今の場所に落ち着こうとしたのだ。

（それにしても、あんな枯れたような桜の下に陣取らなくてもよさそうなものなのに）

いったいどんな連中だろうと気になったが、遠くなのでよく見えない。

（まあいい。後はここで花見客を装い、京番の連中がそっと猪口の中を覗いてくれればよいのだ）

江戸番が出した結論は、井伊直弼を次の大老職には就けない、というものだった。井伊が大老になれば、必ず幕府、ひいてはこの国に混乱が起こる。それが結論だった。

合図は、猪口の中に茶柱は立てない。

井伊を大老にするという結論が出ていたら、酒の中に茶柱を立てるところだが、何事もない猪口で何事もなく花見を楽しむ。それで良いのだ。

合図の猪口は、その座の皆によく見えるようにぐるりと回して見せる。それは京番の者にもよく見えるようにする工夫だ。その中に茶柱は立っていない。それを京番の者が見れば……。

（井伊直弼が大老になる事はない。これでしばらくは幕府も安泰だ）

江戸番の頭は、ゆっくりと酒を飲んだ。

＊

男二人が飛鳥山の花見の賑わいの中を歩いていた。

本物の酒と摘《つま》みでまともに花見をしようという集まりの中の二人だが、用事で遅れてやって来たのだ。

「おい大将、あそこを見ろよ」

一人がもう一人に話しかけた。

「なんだかおかしな連中がいるぜ」

「なんでえ」

「酒を飲むのにお互いに遠慮し合ってる」

「そいつはおかしな連中だな」

粗忽長屋の面々の花見を見つけたのだ。

「なんだかみすぼらしい服装《なり》をしているし、男だけだぜ」

「面白えから少し見てよう」

人に見られているとも知らずに粗忽長屋の連中は相変わらず酒を遠慮し合っている。

「ほら、飲みなさいよ」

「しょうがねえ。じゃあおいらがお毒味いたしやす」

「よし、よく言ってくれた」

「決死の覚悟だね」

粗忽長屋の花見を見物している男たちが呆れている。

与太郎は茶の酒を一口飲んだ。

「うん。色だけは本物そっくりだ」

「味はどうだ、甘口か、辛口か」

「そうだな、渋口」

「渋口だってよ。珍しい酒があるもんだね」

見物の男二人は目を丸くしている。

「なんてえ酒だい。灘《なだ》の生一本かい」

「いや、宇治の生一本」

「そんな酒がありますか。酒だったら、ほら、黄桜とか」

「こっちの徳利は茶桜だぞ」

家主が辰五郎の袖を叩《たた》いた。

「莫迦《ばか》な事を言ってないで、冷やでぐっと」

「この酒は、普段は冷やでやったことがねえんで」

「燗《かん》かい」

「むしろ焙《ほう》じた方が良い」

「よしなさいよ、酒を焙じるなんて。もっとこう、お一つどうぞとか酒らしく」

「判りやした。では団吉よ、お一つどうぞ」

「いや、いらねえ」

「断るなよ。お前は月番だ。これもすべて前世の因縁だと諦めて」

「厭な勧めかたするなよ」

「おう、俺に注《つ》いでくれ」

八が叫んだ。

「いいね、八、そうこなくっちゃ」

「喉《のど》が渇いてんだ」

「がぶ飲みするんじゃありませんよ、ホントに」

八は一息に吞《の》んでいる。

「みんな、酔いが回ったところでどうです、都々逸《どどいつ》でも」

家主がみんなを促す。

「狐《きつね》に化かされてんじゃねえんだからこんなもん飲んで都々逸が唄えるか」

辰五郎がぼやく。

「まあそう言わずにもう一杯」

　団吉が八に注ごうとする。

「しょうがねえな、じゃあつきあいで少しだけ」

「ほい」

「おいおい、少しでいいって言ってんだろ。こんなに注ぎやがって。てめえ、俺に恨みでもあるのか」

「注いでもらって怒るなよ」

「冗談じゃねえ、熊の方に回せ」

「ええ、あっしは下戸なんで」

「うまい言い訳を考えやがったな」

「まあまあ、下戸ならしょうがない」

　家主が言った。

「下戸の人は食べればいい」

　熊がつんのめった。

「一難去ってまた一難だね」

「なんです」

「いえ、こっちの話で」

「それじゃ熊さん、玉子焼きを召し上がれ」

「へエ、ただあっしは、このところ歯が悪くて、この玉子焼きはいつも細かく刻んで食べてるんで」

「玉子焼きを刻む奴があるか。じゃあ団吉でもいい、玉子焼きをお食べ」

「食べろと言われりゃあ食べますけどね。尻尾《しっぽ》の方はやめてくださいよ」

「玉子焼きに尻尾があるか。まったく。おい丈吉。お前さんも何かお食べ」

「へえ、じゃあ、そっちの白い方を」

「色で言う奴があるか。これは蒲鉾だよ」

「へえ、じゃあその、ぼこを。へい、ありがとうございます。実はあたしはこの蒲鉾が大好きでね」

「そうかいそうかい、さすが丈吉さんだ」

「さんまを食べる時にはこの蒲鉾を必ずおろしてつけます」

「蒲鉾をおろす奴があるか」

家主は溜息をつく。

「誰だい、ポリポリと音を立てて食べているのは」

「あっしです」

熊が言った。

「いま玉子焼きを食べてるんで」

「玉子焼きをポリポリ食べる奴があるか。さあさみんな、お花見なんだ。なんかこう、お花見らしい事をしようじゃないか。向こうを見なさい、甘茶でカッポレを踊ってますよ」

「こっちは渋茶でサッパリだ」

「うまい。座布団一枚」

「合いの手を入れるんじゃありません」

「すみません」

丈吉が頭を掻いた。

「そうだ、丈吉さん、お前さん、俳句をやるそうだね」

「ええまあ。やるっても家主さんの俳句に毛の生えたようなもんですけどね」

「失礼だね」

家主が目を剝《む》いた。

「まあいい。丈吉さん、一つひねってごらん」

「それでは。ええ、できました」

「早いね」

「思った事をそのまま句にするのが良いんでね。いきますよ」

「うむ」

「〝長屋中、歯を食いしばる花見かな〟」

「うまい」

辰五郎が声をあげる。

「やめだやめだ、碌な俳句ができやしない。おい団吉」

「へえ」

「こうなったら景気よく酔っぱらっておくれ」

「酔っぱらえって、そりゃ無理ですよ、しらふで」

「無理は承知だよ。でも言いたくはないが、こっちだってずいぶん無理を聞いてるよ」

「それを言われると弱い。仕方ない。酔うとしますか。ご恩返しだ」

「悲愴《ひそう》だね」

「さあ酔ったぞ、おいらは酒を飲んで酔ったんだぞ」

「断らなくて良いよ」

「断らなかったら頭の具合を疑られるよ。さあ酔った。こちとら代々続いた貧乏人だ。恐いものなんてねえんだぞ。店賃が何だ。払わねえぞ」

「悪い酒だね、どうも」

「この酒はいくら飲んでも二日酔いはしねえ」

「そうだろう」

「その代わり腹がだぶつく」

「どうだい、酔い心地は」

「川で溺《おぼ》れたような酔い心地《ごこち》だ」

「変わった酔い心地だね。まあいい。酔ってくれたのはお前さんだけだ。さあ、どんどん注いでやりなさい」

「家主さんもああ言ってる。どんどん注げ。こぼしたっておしい酒じゃねえんだ」

辰五郎が猪口の中を覗きこむ。

「お、こいつは縁起が良い」

「どうした」

「見てくださいよ」

辰五郎が猪口を皆に見えるようにぐるりと回した。それを覗きこんでいる、京からやって来たらしい一団がある。

「ああ本当だ、珍しい。猪口の中に、酒柱が立っている」

異譚・まんじゅう怖い

時は平安――。

承平《じょうへい》五年（九三五年）、関東の地で桓武《かんむ》平氏の武将、平将門《たいらのまさかど》が乱を起こした。平将門は父の遺領をめぐり、伯父の国香《くにか》と争い、これを殺害した。本来、将門が受け継ぐべき父の遺領を伯父の国香が横取りを企《たくら》んだことが発端であった。

翌年、将門は国香の子、貞盛《さだもり》らの攻撃を受けたが、これも撃破する。

天慶《てんぎょう》元年（九三八年）、将門は常陸《ひたち》国府を焼き払い、下野《しもつけ》、上野《こうずけ》国府をも陥れた。

祝いの神楽《かぐら》の席で、巫女《みこ》に神が憑依《のりうつ》り〝我は八幡大菩薩《はちまんだいぼさつ》なり。朕《ちん》の位をこれなる将門に授ける〟と宣《のたま》った。それを受けて将門は自ら〝新皇〟と称し、下総《しもうさ》国に王城を営み、坂東の地を支配した。

将門は日の本の新しい王となる野望に燃えていた。

だが……。

天慶三年（九四〇年）、平貞盛、藤原秀郷《ひでさと》らに攻められ、一戦ごとに敗北を喫した。

二つの陣は互いに頼みの陰陽師《おんみょうじ》を立て、戦に臨んだが、平貞盛側の陰陽師に分があったのか、猿島《さしま》の館も焼け落ち、遂に岩井ノ館一柵が最後の砦《とりで》となり、新皇とまで称した将門の命運も尽きようとしていた。従う兵はわずかに四、五百騎を残すのみ。

将門の王城はすでに火の海と化していた。

燃えさかる炎が呼び寄せたのか、辺りは暴風が吹き荒れている。

「もはやこれまでか」

将門が炎の中で叫ぶ。

「御屋形《おやかた》様」

家来共が涙を流しながら将門にすがりつく。そこには陰陽師の赤虫《あかむし》の姿もあった。

「このままでは済まさぬ」

将門の目は恨《うら》みで燃えていた。

「元はと言えばこの将門が受け継ぐべき父の遺領を国香が横取りを企んだことが始まり。血を分けた肉親同士で争う醜さよ。この命と引き替えに、後々までこの地を呪《のろ》うてくれるわ」

そう言うと将門は炎の中、門に向かって大股《おおまた》に歩き出した。将門の甲冑《かっちゅう》には火が燃え移り、将門を包むように炎が揺れている。

門を出ると貞盛の兵士たちがずらりと居並び、屋敷を囲んでいた。その中程には貞盛が鬼のような形相をして立っていた。

「貞盛」

将門は叫んだ。

「お前は我が父の遺志を蔑《ないがし》ろにし、肉親同士で殺し合うことを望んだ」

貞盛は鼻で笑った。

「まだそのようなことを言うか。お前の父はその領土を我父に譲ることを決めていた。それを判《わか》らぬのはお前の方だ」

「父上がそのようなお考えであるわけがなかろう」

「お前たち親子は意を分かっていたのだ」

「そのような戯言《ざれごと》を言いふらしてまで領土が欲しいか」

「ああ、欲しい」

貞盛はニヤリと笑った。

「渡しはせぬ」

「将門。諦《あきら》めろ。新皇になるというお前の野望、潰《つい》えたのだ」

「潰えてはおらぬ」

将門も怒鳴り返す。

「余はこの板東の地で新皇となるのだ」

「莫迦《ばか》め」

将門は狂っているのか。

「貞盛。お前が権勢を誇る世など儂《わし》は認めん。赤虫」

将門は背後に控えた赤虫という陰陽師に声をかける。

「余が新皇となる地はどこが良いか」

「この土地は貞盛らに汚されよくありませぬ」

「ならばどこじゃ」

赤虫は目を瞑《つむ》った。

「判りました」

赤虫は目を見開く。

「江戸の地に将門様の新しい王国が築かれましょう」

「そうか」

頷《うなず》く将門の躰《からだ》は炎に包まれているが、将門はものともせずに目を瞑り、炎に包まれながら手印を結んだ。なにやら口の中で唱え始める。

「これはいけませぬ」

貞盛の隣りで将門の様子を見ていた男が言った。

「あれは天下をひっくり返す呪詛《じゅそ》の言葉」

「なに」

男は貞盛に雇われた陰陽師、六兵衛《ろくべえ》だった。将門は相変わらず一心不乱に口を動かしている。

ついに将門はカッと目を見開いた。

「お、や、こ……」

「いかん」

陰陽師、六兵衛は焦った。

(呪詛が全《まっと》うされれば天下がひっくり返り、世が乱れましょうぞ)

六兵衛は足を王城に向けて一歩踏み出した。

(なんとしても将門殿の呪詛を止めなければ)

だが燃えさかる炎に阻《はば》まれて、将門に近づくことができない。

「い、わ、か、ち」

ついに将門が呪詛の言葉を言い終わったようだ。

――お、や、こ、い、わ、か、ち。

これは〝親子、意、分かち〟ということだろう。

(天下がひっくり返る)

六兵衛はただちに手印を結び、将門が放った呪詛の言葉を消しにかかる。だが将門の呪詛の言葉は思いのほか強く、六兵衛の力を跳ね返す。

――親子、意、分かち。

将門の放った呪詛の言葉は炎を抜け、空に舞いあがろうとしていた。すでに六兵衛の躰も炎に包まれている。

「ええい」

六兵衛は最後の力を振り絞って呪詛の言葉を捕らえる。すると呪詛の言葉は、消えはしなかったがその言葉の組み合わせを入れ替えた。〝お、や、こ、い、わ、か、ち〟を入れ替えて、別の言葉にしたのだ。

(これで当面は天下がひっくり返ることは防いだ)

六兵衛は満足の笑みを浮かべた。

(入れ替えてできた新しい言葉がどこかで発せられれば、封印が解け、天下がひっくり返ってしまうが、何、この言葉が関東の地で発せられることなど未来永劫《えいごう》あるまい。なにせ、こんな言葉を言うなどということは考えられぬからな)

六兵衛は満足の笑みを浮かべたまま炎に包まれて息絶えた。

将門が放った呪詛の言葉は、次のように変えられて封印された。


——お、ち、や、か、こ、わ、い。

すなわち〝お茶が怖い〟と。

＊

時は下り……。

安政《あんせい》五年(一八五八年)、夏。

徳川の世も二五〇年が過ぎ、長らく太平楽な世が続いたが、このところアメリカからペリー提督が来航し、また彦根藩主、井伊直弼《いいなおすけ》がおおかたの見込みを裏切り幕府の大老に就任したりと、何かと騒がしいご時世になった。

だが……。

江戸は神田にほど近い根津《ねづ》にある粗忽《そこつ》長屋の連中は、世間の喧噪《けんそう》とは別種の喧噪に毎日明け暮れている。

今日も八五郎《はちごろう》と熊《くま》が昼日中から用もないのに連れ立って歩いていた。

「おめえも大概《てえげえ》にしろよ」

八五郎が熊に小言を言う。

「すみません兄貴」

「何を謝ってるんだ」

「だって兄貴が大概にしろって」

「うむ。お前は存在自体が大概にしろ」

男二人が莫迦なことを言いながら歩いていると、道の向こうに見覚えのある初老の男の姿が見えた。

「兄貴、あの野郎、なんだか見たことのある野郎ですぜ」

「そういえば、おいらも見たことがある」

「誰でしたっけ」

「誰でもいい。隠れろ」

「え、隠れるんですかい」

「当たり前だ。あの男は公儀の忍びか何かに違えねえ」

「まさか」

「そのまさかが油断できねえ。越後縮緬《ちりめん》問屋の光右衛門《みつえもん》などと偽名を使い」

「兄貴の方が何かと間違えてますよ」

八五郎と熊が騒いでいるので、件《くだん》の初老の男が二人に気がついた。

「いけねえ」

八五郎がそう気づいた時には遅かった。初老の男は笑みを浮かべながら二人に近づいてくる。

「野郎、余裕を見せて笑ってやがる」

「どうします兄貴」

「ひと思いに殺《や》っちまうか」

「八五郎、熊。こんなところで何をしている」

「だ、誰でえお前は」

「おいおい。自分の住んでいる長屋の家主《おおや》を見忘れる奴《やつ》があるか」

「なんだい家主か。道理で見たことがある」

「困った男だな」

家主の高田甚六《たかだじんろく》が呆《あき》れている。

「お前さん」

家主の後ろから年嵩《としかさ》のいった女の声がする。

「やっと追いつきました」

家主の女房である。

「家主さん、こんなところをその出で立ちで夫婦二人ということは、夜逃げですかい」

「今は昼間だよ」

「じゃあ昼逃げ」

「逃げるわけではありません。ちょっと横浜まで」

「海外逃亡か」

「そこから話を逸《そ》らしなさい。漢方薬を買いに行くのだよ」

「へえ、漢方ね」

「うむ。向こうで行李《こうり》と荷車を買ってね、それで運ぼうという寸法だ」

「裏であくどい商売してやがる」

「別にあくどくはありません。普通の商売ですよ」

「どうだか」

「そこで〝どうだか〟などという合いの手を入れなくてもいいんです」

いつものことながら家主も閉口する。

「そうだ。ここで会ったのは都合がいい。私の留守中、家のことをよろしくお願いしますよ」

「任しておくんなさい。店子《たなこ》全員、綺麗《きれい》サッパリ家賃を棒引きしときますから」

「棒引きされては堪《たま》らない。留守番をしっかり頼みますと言ってるんだ」

「判りました」

「留守中、私の部屋は自由に出入りしていいから。その方が留守に見えなくていい」

「そうですかい。で、お茶とお菓子も自由にしていいですかい」

「まあいいだろう。留守番を頼むんだ。そのくらいはしてかまわないよ」

「ありがてえ。家主さんちのお茶は色がついてるってえ噂《うわさ》があるから、確かめてみてえと思ってたんだ」

「色がついてなくちゃお茶とはいいませんよ」

往来で大騒ぎをしながら、家主夫婦は横浜へ向かって歩き出した。

＊

八五郎と熊が二人して家主の家に向かって歩いている。

「さっそく家主の家に行ってお茶を飲もうじゃねえか」

「さすが兄貴、抜かりがない」

「妙な言い方はよせ」

前からボテ振りの丈吉《たけきち》が歩いてくる。頬骨《ほおぼね》が出て、痩《や》せている。粗忽長屋の中では団吉《だんきち》に次いで常識のある男である。

「どうしたい八五郎、熊。昼日中から仕事もしねえで」

「それが家主に留守番を頼まれたんで。なんでも横浜まで行って、もしかしたら今日は帰れねえかもしれねえってんで」

「そうかい」

「ここで丈吉さんに会ったのも何かの縁だ。どうです、みんなを呼んで一緒に留守番をしちゃあ」

「みんなを呼んでか」

「お茶も飲み放題」

「そんなに勝手に振る舞っては悪いが、そうだな。たまにはみんなで集まって茶飲み話でもするか」

「そうこなくっちゃいけねえ」

「ではあたしからみんなには伝えておこう」

そう言うと丈吉は去っていった。

「兄貴、みんなに伝える手間が省けましたね」

「ああいう働き者がいてくれると助かる」

また一人、知ってる顔が見えた。

「豊太郎《とよたろう》だぜ」

「本当だ」

まだ三十前の豊太郎は、粗忽長屋の中ではいちばん若い男である。

「どうするか。あいつも誘うか」

「誘えばいいでしょう。あいつだって長屋の住人なんだから」

「そうだけどな、なんだかいけ好かない野郎だよ。自分のことを男前だと思ってやがる」

「思うのは勝手です」

「人を見下してるところがある」

「見下されても仕方のないところもある」

「まぜっかえすんじゃねえ」

二人が言い合っているうちに豊太郎がやってきた。

「おお、豊太郎、あとでちょっと家主の家に来な」

「何ですか。店賃を払ってるから表彰でもされるんですか」

「嫌みな野郎だね」

「豊太郎、そうじゃないんだよ。家主さんが家を空けるから、みんなで留守番をしようって話で」

熊が話して聞かせる。

「そうですか。気が向いたら行きましょう」

豊太郎は扇子《せんす》で肩を叩《たた》きながら去っていった。

「気が向いたら行きましょうってやがる」

二人は豊太郎の後ろ姿をしばらく眺めていた。

＊

甲賀衆によって組まれた帝《みかど》の陰の組織がある。

その江戸番と京番の者同士が、江戸は神田の居酒屋で密談をしていた。いや、端《はた》からは江戸の呉服屋と京から来た布の卸問屋が久し振りに会って話をしているとしか見えないだろう。だが二人は忍び特有の話し方で、周囲には話の中身を聞き取れないように話しているのだ。

「帝にも徳川にも与《くみ》しない、陰の組織があるという」

「わてらとて陰の組織でおます」

「うむ。だがそやつらは相手が帝であろうと徳川であろうと、見境なく戦いを挑む機を窺《うかが》っているらしい」

「もしやその組織とは……」

「尾露千《おろち》だ」

「聞いたことがおます」

「今はまだ動きはないが、このところ世の中が揺れ動いておる。油断はできぬ」

「そうやな」

帝の陰の組織は〝草〟とも密接な関わりを持っていた。〝草〟とは忍びの中でも、特に忠誠心と体術に優れた一族が選ばれ、帝を守る役を負う。普段は町民や農民として暮らしているが、一旦《いったん》、事が起こると〝草〟としての任務に目覚め、帝のために戦うという。

「帝の望みは国の安定」

「へえ。そのためにわてらが働いておます」

「しかし胸騒ぎがするのよ」

「胸騒ぎとは」

「幕府が転覆するという夢を見た」

「アホな」

京番の者は一笑に付す。陰の組織にとって、幕府が転覆することは好ましくない。帝の望みは国の安定なのだ。幕府が安泰なればこそ、民も暮らしやすく、ひいては帝の心も安らかになる。

「幕府が転覆するなどと、この江戸の地に呪いでも懸かっていない限り、ありまへんやろ」

「呪いか」

京番の者が頷く。

「江戸の世は二五〇年以上続いた太平。呪いなど懸かっておりますまい。よもや懸かっていたとしても、それは古《いにしえ》の陰陽師などによって、よほど強い呪縛で封印されているのと違いますか」

「なるほど」

「その封印を解くような出来事が起こらない限り、幕府が転覆するなどという大事は起きる筈《はず》もなし」

「いや、真《まこと》に」

江戸番の者は安堵《あんど》したようだ。

「それでは」

二人の〝陰〟は、それぞれ江戸と京に散っていった。

＊

江戸の根津では粗忽長屋の連中が家主の高田甚六の家に集まっていた。

今日は甚六は横浜まで夫婦で買い物があるというので出かけて行った。漢方薬を行李一杯買って車に積んで持って帰るのだ。もしかしたら泊まりになるかもしれないというので長屋の連中が留守番を頼まれた。だが、留守番を頼まれて大人しく留守番をしているような連中ではない。

「おう、みんな集まったな」

八五郎が部屋にいる連中に声をかける。部屋には八五郎の他、熊、与太郎《よたろう》、丈吉、団吉、豊太郎と、都合六人の人間がいる。みなむさ苦しい男たちだ。

「どうだ、せっかく家主が留守だってんだ。こういうことは滅多にあるもんじゃねえ。みんなで集まって有意義な話でもしようじゃねえか」

「八つぁんの口から〝有意義〟なんて言葉が出るとは思いませんでしたな」

棒手振《ぼて》りの丈吉が言った。長四角の顔をして、近目なのか、目を盛んにしばたたかせている。歳は四十近いだろう。この仲間内では一番の年嵩かもしれない。

「べらんめえ。こちとら江戸っ子よ」

「よ、いざという時は頼りになるねえ」

八五郎と仲の良い熊が言う。熊は名前の通り、羆《ひぐま》のようにガッシリとした体つきをしている。だが気だては極めて良く、その臼《うす》のような顔は今にも笑い出しそうだ。

「ただ集まってぼうっとしてたってしょうがねえや」

「酒でも出すのかい」

団吉が訊《き》く。団吉は粗忽長屋の中では最も常識人だろう。

「団吉、昼間っから酒はねえだろう」

「こりゃ済まねえ。考えてみりゃ、人の家に来て酒を飲むなんて罰当たりだ。八つぁんの言う通りだ」

「あたりめえだ。さんざん探したけど酒なんかねえよ、この家は」

「探したのかい」

丈吉が呆れたように言う。

「まあ茶でも飲もうじゃねえか。この家の茶は色がついてるって噂の真偽が遂に明らかになならあ」

「大げさだね」

そう言いながらも八五郎に促されて団吉が手際よく茶を淹《い》れて回る。

「おいおい、色がついてるよ」

八五郎が茶飲みを覗《のぞ》きこんで言った。

「へえ、茶ってのは、緑色だったのか」

「情けないね、どうも」

だが他の連中も珍しそうに湯飲みを覗いているところをみると八五郎とドッコイドッコイなのだろう。

「で、有意義な話って、どんな話をするんで」

「毎日こう暑くっちゃかなわねえ。なんとか涼しくなるような話をするんだよ」

「ははあ。家主に頼んで富士山から氷を持ってきて貰《もら》うとか」

「いいね」

「いいねじゃねえや。そんな上等なことがあの家主にできると思うか」

「そういやできねえだろうね。せいぜい横浜から行李を持ってくるのが関の山だ」

「うまいね」

丈吉が合いの手を入れる。

「夏に涼しくなる話っていやあ、決まってるだろうが」

「みんなで団扇《うちわ》の扇《あお》ぎ合いか」

「手の動きで余計に汗が出そうだ。そうじゃなくて怖い話だよ」

「なるほど。怪談だね」

「おうよ。怖い話をして背中から涼しくなろうって寸法よ」

「いいね。口だけで涼しくなれるんだったらこんな安上がりなことはねえ」

団吉も丈吉も八五郎の案に賛成した。

「ただし怪談ったって、お岩さんとか牡丹灯籠《ぼたんどうろう》とか、そういう誰でも知ってる話は駄目だぜ」

「何だい、お岩さんとか牡丹灯籠ってのは」

「与太郎、お前は知らねえのか」

八五郎が呆れたような声を出す。

「まあお前は普段からものを知らないからな。だがお前一人のためにみんなの迷惑になることをするわけにはいかねえ。ここは一つ、まだ誰も聞いたことのねえような話をするんだよ」

「たとえばどんな」

「そうさな」

八五郎はしばらく考えた。

「こう見えても八つぁんは物知りなんだよ」

熊が与太郎に教えている。

「こういうのはどうだ。〝のろいの亀〟の話」

「呪いの亀……。なにやら怖そうですな」

丈吉が言った。

「昔あるところに一匹の亀がいたと思いねえ」

「知ってるよその話」

与太郎が口を挟んだ。

「そこへ舌切り雀《すずめ》が通りかかっておむすびと柿《かき》の種を取り替えるんだろう。海からは大きな桃がドンブラコ、ドンブラコ」

「いろんな話がゴッチャになっちゃってるよ、与太郎の奴は」

「そうじゃなくてだな、その亀は一生懸命歩いてるんだが、凄《すご》くのろい」

「そうだろうね、亀だから」

「その亀の歩みを見ていた男が一言つぶやいた。〝この亀、のろいね〟」

「うんうん。それで」

「それが〝のろいの亀〟だ」

「へ」

熊が気の抜けたような声を出す。

「なんだい。のろいってえのは歩みののろいってえことかい」

「そう。そこから派生した〝亜由美の呪い〟ってえ話もある」

「かえって暑くなってきましたよ」

丈吉が呆れている。

「そんな話ならあたしだって知ってるよ」

「ほう。さすが団吉さんだ。一つ口直しということで聞かせてもらいましょうか」

「〝きょうふの味噌汁《みそしる》〟ってんですがね」

「ふむ。恐怖の味噌汁。いよいよ怪談らしくなってきましたな」

「ある長屋に仲の良い夫婦がいたと思いねえ」

「珍しい夫婦だな」

「八つぁん。まぜっかえすんじゃありません」

「妻が朝の味噌汁を作っている。そこへ亭主が声をかける。〝今日は何の味噌汁だ〟」

「すると妻が答えるね。〝今日、麩《ふ》の味噌汁〟」

「へ」

「麩って知ってますよね。小麦粉から作る、麩菓子に似たやつ」

「麩菓子の方が麩に似ているんですよ。それにしても〝恐怖の味噌汁〟ってえのは〝今日、麩の味噌汁〟ってことなのかい」

「昔からの言い伝えによるとそうなりやすね」

「そんな言い伝えは聞いたことがないよ」

　丈吉が呆れている。

「そんな話ならおいらだって知ってらあ」

　与太郎が言った。

「話してみろ。退屈しのぎに聞いてやらあ」

「そうかい。これはあたしの年上の弟に聞いた話だけどね」

「年上の弟ってえのがあるか」

「妹の亭主が年上で」

「だったら端《はな》からそう言え。ややこしい言い方しやがって」

「ふふ。〝したいを焼いた男の話〟ってんだ」

「うう。それを聞いただけで背中がゾクリとしたよ」

　熊が軀を震わせながら言う。

「死体を焼いた男の話か。たしかに不気味だな。詳しく話してみろ」

「昔々ある粗忽長屋にね」

「べらぼうめ。粗忽長屋がそういくつもあってたまるけえ。それを言うんなら〝ある長屋〃でいいんだよ」

「横着だな、八つぁんは」

与太郎が含み笑いをしながら言う。

「横着だって言いやがる。いいから続きを聞かせろ」

「ある長屋に一人の煙草《たばこ》好きで粗忽者の江戸っ子が住んでいたと思いねぇ」

「煙草好きで粗忽者の江戸っ子って、随分と注釈の多い野郎が住んでたね」

「うん。それでね、その男が煙草好きだから煙草を吸おうとして火を点《つ》けた」

「うん」

「ところが粗忽者だろ。火を大きく出しすぎて自分の額を焼いてしまった」

「ほう」

「この男は江戸っ子だろ。だから〃ひ〃と〃し〃がうまく分けて言えない」

「それがどうした」

「だから〃ひたい〃を焼いたのに〃したい〃を焼いたと聞こえたというお粗末」

「ホントにお粗末だね」

八つぁんが溜息《ためいき》をつく。

「〃やねうらのろうば〃の話は知ってるかい」

「屋根裏の老婆か。これは怖そうだ」

「やーね、裏の驢馬《ろば》ってんじゃねえだろうな」

「その通りだ」

「当たったよ」

当てた団吉が呆れている。

「商店の木久蔵《きくぞう》みてえな野郎だな」

「黒い猫の怪って話はどうだ」

「浅蜊《あさり》と蜆《しじみ》の吸い物を覗きこんだ餓鬼が、蜆の方を見て〝黒いね、この貝〟ってんじゃねえだろうな」

「莫迦にするな」

「お、違うのかい」

「蜆じゃなくて烏貝《からすがい》だ」

「やっぱり貝か」

「おいおいみんな。そんな作り事の話ばっかりじゃ、ちっとも怖くない。ここは一つ、本当の話をしようじゃないか」

「丈吉さんよ、本当にあった怖い話があるのかい」

「うん、ある」

丈吉は大きな目を剝《む》きだしてみんなを見回した。

「怖いね、丈吉さんの顔が」

「顔を怖がってどうするんだよ。いいかい。ある処《ところ》に一人のお婆《ばあ》さんが住んでいた」

「それは怖い」

「それだけで怖がらなくていいよ」

「どこだい、ある処って」

「そこは知らなくていいんだよ。そのお婆さんに隣の男が荷物を運んでくれと頼まれていた」

「うん、それで」

「男がお婆さんの家に行くとお婆さんがいなくて一つの行李《こうり》があるだけだった」

「家主の家か」

「そうじゃありません。男は〝これが荷物か〟と思って行李を持ち上げた。ところがこれが重くてなかなか持ち上がらない。不審に思った男が行李を開けて中を見ると、そこにはお婆さんの死体が入っていた」

「それは怖いね。本当の話なのかい」

「うん。お婆さんの口の中には歯が一本もなかった。これが本当の歯なし」

「なんだい、最後は落とし話かい」

全員が軀を前につんのめらせた。

「しょうがねえなあ、どいつもこいつも」

八つぁんが嘆《なげ》いた時、玄関先で誰かが声を出した。

「うわあ」

「誰だ、玄関先で驚いてやがるのは」

辰五郎《たつごろう》が顔を見せる。

「なんだい、辰五郎かい」

「いやあ、びっくりした」

辰五郎が小太りの軀を幽《かす》かに震わせている。

「どうしたい、そんな豚《ぶた》みたいな顔して」

「元からこんな顔だよ」

そう言いながら辰五郎は後ろを振り向いた。

「ゾゾ」

「追っかけて来ねえかな」

「近所の餓鬼から飴《あめ》でも盗んだか」

「そんなケチなことはしねえ。ここに来る途中、ヘビに追っかけられたんだよ」

「そりゃお前、前世で老若男女を五千人ぐらい殺したんだろう、その報いだ」

「ヘビに追っかけられたぐらいでその前世はないよ」

辰五郎はみなのいる部屋に上がりこんだ。

「いやあ、怖かった。俺《おれ》はヘビがいちばん怖いんだ。チロチロと舌を出しやがって、気味が悪いの何のって。もう死ぬかと思った」

「大げさだな」

「いやいや。誰にでもそういうことはある」

丈吉が言った。

「なんでも人間、生まれた時に、最初に家の前を通ったものが怖いと言うな」

「へえ、そうなんすか」

「うむ。だから辰五郎の場合は、生まれた時に最初にヘビが家の前を通ったんだろう」

「そういうもんすかね」

「そういえば俺が生まれた時、ヘビが家の前を通ったのを思い出した」

「記憶が瞬時に再形成されちゃったよ、辰五郎の野郎。人の話に影響されすぎだ」

「だからなんだな、俺はヘビだけじゃなくて長い物は何でも苦手なんだよ」

「ヘビは長虫と言いますからな」

「ミミズや鰻《うなぎ》、全部駄目。食い物だって蕎麦《そば》が駄目」

「不便な野郎だね」

「褌《ふんどし》も駄目、締《し》めてない」

「締めなさいよ」

丈吉が呆れている。

「しかしあるもんだね、人間、怖いってものが。丁度いい。みんな何が怖いか言ってご覧」

「俺はゴキブリが怖い」

「なるほど、判ります。団吉さんは」

「おいらはハチが怖いね」

「何を」

八五郎が腕をまくった。

「八つぁんのことじゃねえよ。針を持って刺す奴」

「通り魔か」

「たしかに怖い」

「そうじゃなくて虫の蜂《はち》だよ。アシナガバチとかクマンバチとか、スズメバチとか」

「熊のような蜂ってえと大きそうに聞こえるけど、雀のような蜂ってえのは考えてみると可愛《かわい》らしく聞こえるな」

「そんなことはどうでもいいから。次は」

「オケラが怖い」

「てめえだっていつもおけらのくせに」

「俺は馬が怖いな」

「馬だと。妙なものが怖いんだな」

「あの鼻がいけねえやな。なんだか吸いこまれそうで。それに蹴飛《けと》ばすしな」

「後ろに回らなけりゃいいだろう。おう、豊太郎、そんな隅っこで煙草ばっかり吹かしてねえで、こっちへおいで。おめえは何が怖い」

「さあねえ」

豊太郎は気のない様子だ。

「おいおい。みんなが集まって怖いものの話をしてるんだ。お前さんも何が怖いか話してご覧」

「そうは言っても、あたしに怖いものなんてないからねえ」

豊太郎は煙管《きせる》の灰を火鉢《ひばち》の中に落とした。

「今までこちらで聞いていたけれど、なんだいお前さんたちは」

豊太郎が気取った口で言う。

「いい歳《とし》をした男たちがヘビが怖い、ハチが怖い、馬が怖いって。恥ずかしくないかい」

「べらぼうめ。恥ずかしいのを我慢して言い合ってんだ」

「あたしだったらヘビなんざ、キュッキュとしごいて鉢巻きにしてカッポレ踊っちゃいますよ」

「大変な野郎が出てきたね」

辰五郎が呆れている。

「ゴキブリやハチが怖いと言ったね。あたしだったらゴキブリやハチなんざ、出てきたところで箸《はし》で摘《つま》んで捨てますよ」

「自分を宮本武蔵《むさし》と間違えてるよ」

「馬が怖いというのも笑わせるね。馬なんざ桜肉といって食べてもオツなもんだ。馬だけに、うまい、てなもんでね」

「何を言ってやがる」

「四本の足で立ってるものだったらクマでもオオカミでも何でも食べますよ」

「ほう言ったな。だったらその部屋の隅にしまってある炬燵《こたつ》が食えるか」

「当たる物は食べない」

「うまいこと逃げやがったな」

豊太郎は気取って煙草の煙を吹かす。

「豊太郎、そんな処でオツに構えてないで、お前さんもつきあいの悪い男だね。みんな恥を忍んで自分の怖いものを言い合ってるんだ。たとえ怖いものがそんなにないにしても、何か一つぐらいひねり出すもんだ」

「そんなこと言ったって、ないものはない」

「可愛げのない野郎だね」

八五郎が呆れたような声を出す。

「一つぐらいつきあいなさいよ」

丈吉は根気よく豊太郎を説得している。

「しょうがないねえ」

豊太郎は〝やれやれ〟といったふうに溜息をついた。

「だったら臆病者《おくびょうもの》のみなさんにおつきあいしますか」

「いちいち気に障る言い方をするな」

八五郎が言ったが、豊太郎は聞こえなかったのか涼しい顔をしている。

「でもやっぱりこれは言えないなあ」

「なんでえ、もったいぶりやがって。ここまで来たらサッサと言いやがれ」

「いや、口に出すだけでもゾッとしますからね」

「やっぱり怖いものがあるんだな」

「怖いも怖い。怖くないってぐらい怖い」

「どっちなんだよ」

「これを言ったら笑われるよ」

「かまわねえ。思いっきり笑ってやるから言ってみろ」

「八つぁん、そんな言い方したら豊太郎だって喋《しゃべ》りたくなくなるよ」

「あたしは笑われるのは嫌いですよ」

「ほらみろ。豊太郎がへそを曲げた」

「こいつのへそは端《はな》から曲がってるよ」

「そう言わねえで」

丈吉が八五郎を宥《なだ》めてそのまま豊太郎に顔を向ける。

「豊太郎、笑わないから言いなさいよ」

「本当に笑わないかい」

「笑わない」

「だったら言うけど、実はね」

「うん」

部屋の中の者が一斉に軀を豊太郎の方に乗り出す。

「あたしの怖いのは饅頭《まんじゅう》」

「饅頭……」

みなが口を揃《そろ》えて復唱した。

「饅頭って、中に餡《あん》の入った、あの饅頭かい」

「ほかに饅頭があるかい」

「へえ、じゃあ本当にあの饅頭が怖いのかい。ハハハ」

辰五郎が笑い出した。

「ほら笑った」

「笑ったんじゃねえ。おかしくって頬が緩んで声を出したまでだ」

「それを笑ったってんですよ」

「しかし判らないもんだね」

「だったら豊太郎。饅頭屋の前を通る時なんざ困るだろう」

「困るなんてもんじゃありませんな。目を瞑《つぶ》って一気に走り抜ける」

「危ないね」

「法事で饅頭が配られたりするのも耐えられない。気分が悪くなる。いやこうやって話してるだけでも寒気がしてきた」

「なんだか顔色が悪いような気がするな。医者でも呼ぶか」

「それには及ばねえ。奥で横にさせてもらえば治るだろう」

「そうかい」

「じゃあちょっと休ませてもらいますよ」

豊太郎はそう言うとサッサと奥の間に消え、襖《ふすま》を閉めた。

「なんだい、あの野郎。寝ちまいやがった」

「変な野郎だね。饅頭が怖いなんて」

「生まれた時に家の前を法事帰りの一団が通ったんじゃねえのか。配りものの饅頭を手にした」

「かもしれねえ」

「しかしこいつは耳寄りな話だぜ」

八五郎が言う。

「どうしてだ」

「考えてもみねえ。豊太郎の野郎は癪《しゃく》に障る野郎だぜ」

「そうだな。いつも気取っていてな。人を莫迦にしたような面してやがる。人が面白いってえばつまらねえって言うし、つまらねえってえば面白いって抜かしやがる」

「人間がひねくれてるのよ」

「とっちめるって、何をするんでえ」

「とっちめてやる良い機だ」

「知れたことよ。あいつの怖いものをたくさんお見舞いするのよ」

「あいつの怖いもの……。饅頭かい」

「そうよ」

「なるほど。それなら造作ねえな。饅頭をしこたま買ってきて、あいつがいま寝ている枕元に並べてやるか」

「そうそう。そうしてあいつが怖がってるのを見て俺たちはその饅頭をいただく」

「おもしれえ。ちょうど小腹が空《す》いてきたところだ」

「よしなさいよ。人の怖がることをするのは。もし死んだらどうする」

「饅頭で死ぬかな」

「死ぬかもしれねえ。あん殺ってえぐらいだ」

「くだらないこと言ってんじゃありませんよ」

「饅頭を見ただけで死んでたまるか。むしろビックリして今までの悪行を悔いて真人間に生まれ変わろうってなもんだ」

「言ってみれば人助けだな」

「そうよ。おい熊、饅頭を買ってこい」

八五郎に言われて熊が急いで饅頭を一袋買ってきた。

「どれどれ。葛《くず》饅頭に蕎麦饅頭。田舎《いなか》饅頭に酒《さか》饅頭に栗《くり》饅頭。やけにいろいろ買ってきやがったな」

「それだけあれば沢山だ」

八五郎がそれを寝ている豊太郎の枕元に並べて、部屋を出る。

「どうだい、並べたぜ」

みなは襖を少しだけ開けて隣の部屋の様子を覗き見ている。

「どれ、起こしてやるか。おーい、豊太郎」

声をかけると豊太郎が目を覚ます。

「う、うーん」

豊太郎が伸びをする。

「目を覚ましたぜ」

隣の部屋でその様子を見ていた辰五郎が言った。

「し」

団吉に窘《たしな》められて、口を噤《つぐ》む。隣の部屋では豊太郎が枕元の饅頭に気がついた。

「お、饅頭」

「見ろよ、豊太郎の奴、慌ててるぜ」

「ふふ、あいつら、こんなに饅頭買ってきたとは思う壺《つぼ》だ」

小声でそう言いながら豊太郎は饅頭を一つ口に入れた。

「ああ、饅頭怖い」

「あれ、豊太郎の奴、饅頭を食ってるぜ」

「酒饅頭。これは怖い」

また口に入れる。

「おかしいな、あいつ、怖い怖いって言いながら饅頭を食ってる」

「栗饅頭。これも怖いですよ」

また食べた。

「ちきしょう、いっぱい食わされたぜ。豊太郎の奴、本当は饅頭が怖いんじゃなくて、饅頭が好きなんじゃねえか」

八五郎が襖をガラッと開けた。

「やい豊太郎」

「あ、八つぁん」

「てめえ、饅頭が怖いだなんて言いやがって、うまそうに食ってるじゃねえか。やい、本当に怖いのは何なんだ」

「ええ、あとはお茶が怖い」

異譚・道具屋

安政《あんせい》五年（一八五八年）、世には大老井伊直弼《いいなおすけ》による粛清《しゅくせい》の嵐が吹き荒れていた。四年前阿部正弘が結んだ日米和親条約に続き、井伊直弼は、勅許無しに日米修好通商条約を締結した。勅許どころか、朝廷に話もしなかったのだ。

尊王攘夷《そんのうじょうい》派が多い京では、当然のように江戸幕府に対する反抗の気運が燃えあがった。

幕府側も京の反駁《はんばく》に手を拱《こまぬ》いていたわけではない。反逆者を黙らせるには武力による弾圧しかないと、一斉に反対派の弾圧が始まったのだ。世に言う安政の大獄である。

この弾圧によって、翌年、尊王攘夷派、反幕府派は、橋本左内《はしもとさない》、吉田松陰《よしだしょういん》らが処刑された。

だが事はそれで収まらなかった。むしろ反幕府派の意気がますます上がり、幕府は相変わらず苦しい立場に追いこまれたのだ。

「どうすればよいか」

井伊直弼は溜息《ためいき》を洩《も》らした。

井伊は四十五歳。働き盛りである。四角張った顔に、細いが相手を威圧するような鋭い目を持っている。顔は痘痕《あばた》が多いせいかザラザラとした印象がある。

「されば」

井伊の正面に坐《すわ》る長野主膳《ながのしゅぜん》が口を開く。

長野主膳も井伊と同じ四十五歳。井伊の盟友である。腰が低く物言いが丁寧で、むしろ卑屈な印象を与えるのだが、なかなかどうして食えぬ男だというもっぱらの評判である。気の弱い蝦蟇《がま》のような顔をしている。

「妙案がございます」

長野が井伊に躙《にじ》り寄った。

ここは江戸城内、井伊大老の部屋である。部屋には井伊と長野の二人しかいない。

井伊は表情を変えずに長野の次の言葉を待った。

「家茂《いえもち》様と、親子《ちかこ》内親王様の婚儀でございます」

「なに」

井伊が心底驚いたような声をあげた。

「家茂様と……」

「親子内親王様です」

親子内親王とは、天皇家の娘、すなわち皇女和宮《かずのみや》のことである。

「公武合体の実を結ぶにこれ以上の策はないかと」

反駁し合う皇女と将軍の結婚など、およそ考えられぬ事ではあったが、京の朝廷側も、いつまでも幕府と啀《いが》みあっていては利がない。安政の大獄の痛手は途轍《とてつ》もなく大きいのであって、その痛手が一気に回復されるやもしれぬ。

また、幕府側にとっても、皇女を将軍の嫁に迎える事ができれば、京への弾圧が完成した事になる。

どちらにとっても利のある話ではあった。

「しかし」

井伊は渋面を作った。

「和宮様には許婚《いいなずけ》がおった筈《はず》」

和宮は嘉永《かえい》四年（一八五一年）、まだ六歳の折、有栖川宮《ありすがわのみや》の王子、熾仁《たるひと》親王と結婚の内約を結んでいる。

「そこはそれ、井伊様の威光で何とでもなりましょう」

「乱暴な事を言う」

「京には九条《くじょう》殿がいらっしゃいます」

「うむ」

関白の九条尚忠《ひさただ》は京都朝廷の大立て者ではあったが、朝廷に出入りしていた長野主膳と意を通じ、井伊直弼、長野主膳の朝廷工作の拠点ともなっていた人物である。

「考えてみるか」

井伊の言葉を聞くと、主膳がニヤリと笑った。

＊

和宮は部屋で笛を吹いていた。

和宮は今年、十四歳になった。おっとりとした様子は公家《くげ》の家で育てられた事をよく示している。またその顔は美しく、いつも頰笑《ほほえ》みを浮かべていた。少女から大人の女へと、羽化した蝶《ちょう》が羽を徐々に広げてゆく過程にあるように、その美しさは日々増してゆくようだった。

「和宮様」

侍女が和宮に襖《ふすま》の蔭《かげ》から声をかけた。

「なんどす」

和宮はいつものようにおっとりとした口調で答えた。

「九条様がおみえです」

和宮は首を傾《かし》げた。だがすぐに「入りなさい」と声をかける。

襖がゆるゆると開いた。侍女と九条尚忠の二人が侍っている。

九条尚忠は六十二歳。飄々《ひょうひょう》とした風貌《ふうぼう》だが、腹の中では何を考えているのかよく判《わか》らぬ。和宮はこの九条があまり好きではなかった。

「失礼致します」

二人は部屋に入ってきて襖を閉めた。

「何の用どす」

和宮があどけない顔を九条に向ける。だが九条の硬い顔を見て、なにやらよからぬ事を感じたのか、幽《かす》かに眉根《まゆね》を顰《ひそ》めた。

「お目出とうございます」

九条はいきなり平伏した。侍女も九条に倣《なら》って額を畳にこすりつけるようにひれ伏した。

「何事どすえ」

「此度、和宮様のご婚儀相成りました事、ご報告いたします」

和宮はキョトンとした顔を見せる。

「わたくしはすでに有栖川宮様と許嫁の仲。今さら言わなくとも判っておる」

「それが」

九条は相変わらず頭を上げない。

「ご婚儀のお相手は、有栖川宮様ではございませぬ」

和宮には、九条の言った言葉の意味が判らない。

「どういう事どす。わたくしの婚儀のお相手は、昔から有栖川宮様と決まっております」

「それが、姫様には、さらにご立派なおかたとのご婚儀が決まりまして、真《まこと》にお目出たき事」

「何を言っているのどす」

九条は答えない。

「面を上げなさい」

九条は面を上げた。侍女はまだ平伏している。

「言っている事がよく判らぬ」

「ではハッキリ申しあげましょう。和宮様におかれましては、この度、徳川将軍様、家茂公とのご婚儀が決まりましてございます」

　あまりの事に和宮は絶句した。

「徳川家と宮家のご婚儀相成りますれば、公と武が一つに結ばれます。日の本が平安になり、民も落ち着く事でしょう。真にお目出たき事」

「何を言っておるのじゃ」

　和宮はようやく言葉を発する。だがその声は少し高くなっている。語尾に笑いが含まれたのは強がりだったかもしれない。

「面白くもない戯《ざ》れ言はやめよ」

「戯れ言ではござりませぬ」

　九条はあくまで真面目《まじめ》な顔を崩さない。

「和宮様と徳川家茂様のご婚儀。これは真面目なお話でございます」

「そのような事」

「これは幕府から出た話。すでに双方が合意にいたり、あとは和宮様のご承諾を得るばかり」

「本当の事でございます」

　侍女が言った。

「わたくしは厭《いや》じゃ」

和宮は横を向いた。

「姫様。そのような我《わ》が儘《まま》を言っている時ではございませぬ」

「我が儘はどっちじゃ」

和宮の声は鋭く九条の胸を射抜いた。さすがの九条も、思わず身を縮ませる。

「六歳の時に勝手に許嫁を決められ、今また勝手にその許嫁を剝奪《はくだつ》され、新たな許嫁を押しつけられる。わたくしに自由はないのどすか」

九条も侍女も、頭を下げたまま言い返す言葉を見つけられない。

「しかもその相手が荒戎《あらえびす》とは」

雅《みやび》な京から見れば、関東の男達は荒くれ者に過ぎなかった。

「絶対に厭どす。第一、方角が悪い」

和宮は占いが好きで、評判の占い師がいると屋敷に呼んで占わせることもしばしばだった。

「姫」

「わたくしは江戸に嫁になど行きませぬ。誰が何と言おうと」

「困りましたな」

「勝手に困るがよい」

「姫様」

「わたくしは江戸になど行かぬ。よく覚えていらっしゃれ」

そう宣言すると、和宮はプイと横を向き、二度と九条の言葉に耳を貸そうとしなかった。

＊

和宮が家茂との婚儀を拒んでいる事が、すぐに江戸に知らされた。

「困った事になりましたな」

江戸城内、井伊直弼の部屋で、井伊と長野主膳が渋面を突き合わせていた。

「うむ。京の姫様、思ったよりも強情のようだ」

「いくら江戸と京で話をつけましても、肝心の本人が納得しないでは事が進みませぬ」

厭がる姫を力ずくで引っ張っていったのでは婚儀にならぬ。また無理強いして自害でもされたら元も子もない。ここは是が非でも本人も納得ずくで嫁入りしてもらわなくてはならぬのだ。

「いったいどうすればよいのやら」

「内藤《ないとう》からも話をさせましょう」

内藤というのは長野主膳の部下で、江戸と京を頻繁に行き来し、和宮とも面識があり、それればかりかよく気配りができる男で、和宮からの信頼も厚かった。今は江戸・湯島に屋敷を構えている。

「うむ。打てる手はすべて打つのだ。内藤を京にやろう」

「は」

主膳は冷や汗を浮かべながら頭を下げた。

＊

さっそく内藤が呼び出され、長野主膳と二人して京に向かった。

内藤は中肉中背、卵のような顔に細い目と濃い無精髭《ぶしょうひげ》を生やしている。

「よいか内藤。なんとしても和宮様に江戸への降嫁を認めさせなければならぬぞ」

「は」

すでに小田原まで進んだが、その道々、長野に何度も念を押されている。だが、内藤は気が重かった。

（すでに決まっていた許嫁を蔑《ないがし》ろにして将軍家に嫁がせるとは、姫様のお気持ちをまったく無視している）

そのやりように内藤は納得できないものを感じていた。だが、主の命は絶対である。

（さて、何と言って説得したらよいものか）

内藤は思案に暮れた。和宮の穏やかな顔が心に浮かんでくる。

「もう日が暮れる。今日はこの辺りで一泊するとしようか」

内藤は町で一番の宿に宿泊の手配をした。

「ようこそおいでくださいました」

女中が頭を下げる。

「これはこれは江戸のお侍様で。一番よいお部屋をご用意いたします」

長野は手続きを内藤に任せっきりで返事をしない。

その時、廊下を数人の女性の一団がすれ違った。立派な着物を着た恰幅《かっぷく》の良い、初老の女性が一人。その周りに従っている若い女性が二人。

「あれは誰だ」

初めて長野が番頭に口を利いた。

「いま評判の占い師、中山様でございます」

「占い師とな」

「はい。とてもよく当たるというので、東海一の占い師ともっぱらの噂《うわさ》で」

「長野様」

内藤は、和宮が占いごとを好きな事を思い出した。

「その占い師に、和宮様の事を占ってもらってはいかがでしょう」

「戯《たわ》けた事を。ここで占いなどして何になる」

「実は和宮様は占いがお好きです。高名な占い師が、もしも江戸に嫁に行くが吉、などと占えば、和宮様のお心も動くやもしれませぬ」

内藤の言葉に、長野は「ふむ」と声を洩らす。

「では内藤、お前がその占い師に会ってこい。儂《わし》は部屋で寝ておる」

「判りました」

内藤の返事を聞かず、長野は部屋に向かっていた。

＊

中山というその女占い師は、内藤の顔をジロリと見た。

部屋には二人しかいない。

「で、その娘の名は」

「それが、言えぬのだ」

占い師は内藤の言葉を鼻で笑った。

「本当の事を言わないと、あんた、地獄に堕《お》ちるわよ」

内藤はビクッとした。地獄に落とされては堪《たま》らない。だが明かすわけにはゆかぬ。

「勘弁してくれ。さる、やんごとなきおかたとだけ言っておこう。そのおかたの婚儀を占ってほしいのだ」

「その人の住んでるところは。生まれたのはいつ。何月何日に生まれた」

占い師の問に、内藤は答えてゆく。

占い師は問いかけを止《や》め、目を瞑《つぶ》った。何事かを、ブツブツ呟《つぶや》いている。

(本当にこんな事で姫様の将来が判るのだろうか)

内藤は不安になった。

占い師がカッと目を開いた。その鋭い目に射竦《いすく》められて内藤の心の臓がキュッと締まった。

「その娘さん、とても大切な役目を背負ってるわね」

内藤はドキッとした。その通りではないか。

「東男《あずまおとこ》に京女って言うけど、相手は東の方にいる」

内藤はゴクリと唾《つば》を飲みこむ。

「で、姫様は」

「その人は姫様なのかい」

占い師が内藤に顔を近づける。

「い、いやその、やんごとなきおかたは、その東の方にいるお相手と、結婚なさった方がよいのか」

「言っていいの」

占い師が念を押した。

「大変な衝撃を受けるかもしれないけど、本当に言っていいの」

内藤は辺りを見回した。だが部屋には元より占い師と内藤の二人しかいない。

「言ってくれ」

「だったら、ズバリ言うわよ」

占い師の声に力が入る。

「二人が結婚しても、碌《ろく》な事にならないね」

「やっぱり」

内藤は納得した。この婚儀には無理があるのだ。

「ただし」

占い師は目を瞑った。

「変な光景が見えるねえ」

「変な光景だと」

占い師は頷《うなず》く。

「どんな光景だ」

占い師は躊躇《ためら》っているようだ。

「何だ、教えてくれ」

「窓の値を尋ねる男」

「え」

占い師は何を言っているのだ。

「そんな男が現れたなら、結婚するが吉だよ」

内藤はもう一度占い師の言葉を頭の中で反芻《はんすう》した。

「窓の値を尋ねる男だと」

「そう。そんな男が現れたら、それは吉兆だから、結婚しなければ駄目だね」

「窓の値を尋ねるとはどういう事だ」

「おそらく」

占い師は考えこんだ。

「そんな男が現れる筈がないから、まあ結婚はしない方がいいという反語だろうね」

「そうか」

何故《なぜ》か内藤はホッとした。

（たしかに和宮様の周りに、窓の値を尋ねる男などというトンチキな輩《やから》が現れるわけもない。これは結婚するなという事なのだろう）

それならそれでいいと内藤は思った。なにも意に染まぬ結婚を承諾する必要などさらさら無い。和宮様の人生は和宮様の人生なのだ。自分の思う通りに生きたらいい。そのことを告げようと、内藤は思った。

＊

京に着いた内藤は、長野と共に和宮に謁見《えっけん》した。

挨拶《あいさつ》が済み、長野が部屋を辞した後も、和宮、侍女と世間話に興じた。

「そうじゃ内藤。江戸に戻ったら、笛を探しておくれ」

「笛ですか」

「そう。このところ、良い笛がないのです」

「京ならば良い笛がたくさんおありでしょう」

「京の笛は品が良すぎる。もっとこう、変わった笛が欲しいのです」

「判りました。拙者の屋敷の近所に道具屋が出ますから、様子を見てみましょう。それで良い笛がありましたら、その笛を手本にして新しく作らせまする」

和宮は頷いた。勿論《もちろん》内藤は、長野からきつく命じられている降嫁の説得も忘れてはいない。

「今、日本は揺れ動いております」

内藤がそう言うと和宮の顔が少し曇った。これから内藤が言おうとしていることを敏感に感じ取ったのだろう。

「夷狄《いてき》の脅威に晒《さら》されている今、公武が互いに力を合わせなければ、神武の御代《みよ》から続いた神国とて安堵《あんど》はしておられませぬ」

「だからといってわたくしと荒戎が一緒にならなくとも良かろうものを」

「それは……」

内藤はたじろいだ。だが心のどこかで安堵《あんど》もした。

(和宮様はご自分のお考えをしっかりとお持ちになっていらっしゃる)

内藤の顔に、微《かす》かな笑みが浮かぶ。

(ここらで、こちらの本心をお伝えしよう)

それは、余程のことがない限り、幕府の意向通りに降嫁などしなくて良い、という考えのことだ。その余程のことが、小田原であった占い師が言った言葉だった。内藤はその言葉をそのまま伝えた。窓の値を尋ねる男が現れたら、それは徴《しるし》だから降嫁するように。それは、そんな男などいるわけがないから降嫁などしなくとも良いという反語だった。

「窓の値を尋ねる男ですか」

「はい」

内藤はニヤリと笑う。

「面白いお話ですこと」

和宮は笑みを見せた。

「もしそのようなおかたがわたくしの周りに、いいえ、江戸の内藤の周りにでも現れたなら、必ず知らせておくれ」

「畏《かしこ》まりました」

「その時には潔く、江戸に嫁入りに参りましょう」

内藤は深く頭を下げた。

＊

伝助《でんすけ》は、三十三歳になる甥《おい》の与太郎《よたろう》を家へ呼んだ。

伝助はもう六十近い歳《とし》で、どことなく風格を感じさせる男だった。

「ごめんよ」

玄関で与太郎の声がする。

「お、来たな」

与太郎が上がってくる。

「こんちは叔父さん」

「与太郎、お前のおふくろさんに聞いたんだがな」

「あたいのおふくろさんと、叔父《おじ》さんとどういう繋《つな》がりがあるんだ」

「お前のおふくろは私の姉だよ」

「へえ。奇遇だね」

「相変わらずだな。お前はそうやって今でも遊んでるそうだな。おふくろが泣いてたぞ」

「色男にはなりたくねえな。女を泣かせて」

「おふくろを泣かせてどうする。お前は家でブラブラしてるそうじゃねえか」

「ブラブラなんかしてないよ。動かないで昼寝をしてたんだから」

「余計いけないよ」

伝助は呆《あき》れた。

「なにか商売をしなければ駄目だ」

「お触れでも出たか」

「触れなんか出ないが、それが人の務めだろう」

「商売《あきない》と言いながら、飽きちゃった」

「やった事があるのか」

「ありますとも」

与太郎は胸を張る。

「耳の垢《あか》取りというのを紹介されてね」

「それはまた随分、奇矯《ききょう》な商売だな。どうせまた粗忽《そこつ》長屋の連中に紹介されたんだろう」

「お、叔父さん、どうして判る。千里眼か」

「まあだいたい判る。で、その商売はうまくいったか」

「うまくいったら今ごろこんな叔父さんに頼み事なんぞしていない」

「なんだよ、こんな叔父さんとは」

「照れるなよ」

「照れてませんよ」

伝助は溜息をついた。

「客の耳垢よりも自分の耳垢ばっかりほじってたから、終《しま》いには耳から血が出てきた」

「危ないね」

「それからこっち、商売はしていない」

「威張らなくてもいいよ。実はな、叔父さんの商売をお前に譲ってやろうと思ってな」

「それはありがたい。叔父さんは大家だろ。長屋をいくつも持ってる。それをみんなくれるのかい。こりゃあ楽でいい」

「長屋を譲るわけがないだろう。あれは表看板だ」

「裏の看板も持ってるのか」

「ああ。叔父さんが世間に内緒でやってる商売がある。それを全部お前に譲ろうってんだ」

「世間に内緒で……。もしかしたら……ああ、あれか」

「知ってるのか」

「判るよ」

与太郎はニヤリと笑った。

「誰にも知られてないと思ったが」

「甘いな。悪い事はできないもんだよ」

「別に悪い事をしてるわけではない」

「図々《ずうずう》しいね、自分の叔父さんながら」

「何を言ってるんだ」

「前に叔父さんが大きな風呂敷《ふろしき》袋を背負って帰ってくるのを見ちゃったんだ。叔父さんの商売、頭に〝ど〟の字がつくだろう」

「どの字……。うん、つくな」

「人通りを気にするだろう」

「そりゃあ気になるな」

「ほうら、やっぱり当たってる」

「当てられたか」

「驚いたな。まさか叔父さんがそんな商売をしていたとは」

「これでも年季が入っている」

「そんなに昔から……。大家は仮の姿か。道理で周りに隠すわけだ」

「なに、趣味でやってるようなもんだから恥ずかしくて隠してたんだ」

「趣味で……。性格が悪いね」

「どうだい、お前にコツを教えてやろう」

「コツか。あたいもとうとう、悪党の仲間入りか。辺りを憚《はばか》り人目を忍んで」

「何を言っている」

「叔父さんの商売は泥棒だろう」

伝助は言葉に詰まった。

「昼間はブラブラしてるわけだ。夜働くからな。その点じゃあたいも資格がある」

「何を言っている。叔父さんの商売は道具屋だ」

「道具屋……。やっぱりどの字がつく」

「泥棒と一緒にしちゃいけない。世間に喋《しゃべ》るなよ。知らない人は本気にする」

「知ってる人は納得する」

「莫迦《ばか》な事を言うんじゃない。いいか、泥棒じゃなくて道具屋だ。やってみるか」

「儲《もう》かるのか」

「儲かるってえ程のもんじゃないがな。道具屋だって色々ある。叔父さんのやってるのは所詮《しょせん》は道楽のようなものだから、扱うのはガラクタの類《たぐい》だ。これを道具屋の符帳でゴミという」

「ゴミか」

「ゴミといっても、その善《よ》し悪《あ》しを見分ける目が利かないといけない。お前、目が利くか」

「目はきかない。耳なら聞くけど」

「そうじゃない。値踏みができるかってんだ。たとえばここにある壺《つぼ》。それを踏んでみろ」

「こうかい」

「足で踏むんじゃねえ。目で踏むんだ」

「え」

与太郎が驚いている。

「目で踏むのかい」

「そうだ。踏んでごらん」

与太郎は目を剝《む》いて壺と叔父さんとを見比べてみる。

「いくら叔父さんの頼みでも、これは目じゃ踏めねえ」

「莫迦言っててんじゃない。値踏みをやれってんだよ。ね、ぶ、み」

「ああそうか。叔父さんの所でも出るのか」

「出るのかって、何が」

「天井裏でガタガタ走り回ってる」

「それはネズミだ。そうじゃなくて値踏み。品物に値をつけられるかってんだよ」

「なんだ。早く言え」

「言ってるよ、さっきから」

「値踏みならできねえ」

「お前の方こそそれを早く言え」

叔父は呆れ顔だ。

「まあいい。そのうちお前を市に連れてゆく。そうすりゃあ段々と目が利くようになる」

叔父は煙管《きせる》をポンと火鉢《ひばち》で叩《たた》くと、顎《あご》をしゃくった。

「お前の後ろに行李《こうり》があるだろう」

「うん、汚いのが一つあるね」

「汚いのは余計だ。その行李をこっちへ持ってこい」

「自分で持ってこい」

「おいおい。人にものを教えてもらうのに横着な奴《やつ》だな。いいから持っておいで」

「仕方ない」

与太郎は重い腰を上げた。

「そうだそうだ。その中にゴミが入ってる」

「この行李はゴミ箱か」

「ゴミ箱てえ奴があるか。さっき言った道具屋の符帳だ。道具屋には道具屋の符帳ってえものがあってな。釘《くぎ》抜きを閻魔《えんま》と言ったり。まあ見た方が早い。開けてご覧」

与太郎は行李を開けた。

「うわあ、いろんな物が入ってるよ」

与太郎は笑い出した。

「それでも道具屋としては少ししかない方だ」

「そうかい。でもやっぱりゴミゴミしてるね。たしかにゴミだ。これはいまどきおひな様だよ」

与太郎は行李の中のひな人形の頭を摑《つか》む。

「あ、首が抜けた」

「首を持って引っ張っちゃ駄目だ。首が緩んでるから。軀《からだ》の方を持って、そうそう、ゆっくりと出すんだ。そっちは五人囃子《ばやし》だ。鼻が欠けてるがな」

「梅毒かな」

「莫迦な事を言ってるんじゃない。ネズミが嚙《かじ》ったんだ」

「やっぱり出るんじゃないか、ネズミ」

「ネズミぐらい出ますよ」

「あれ、これはノコギリだ」

与太郎はノコギリに手を掛ける。

「だけど変だね。真っ赤だよ、このノコギリ」

「火事場で拾ったんだ」

「酷《ひど》いね。阿漕《あこぎ》だね。歯が欠けてるよこのノコギリは。虫歯だね」

「いくらでもいいから値がついたら売っちまえ」

「これは股引《ももひき》か」

「ヒョロビリだな」

「何だい、ヒョロビリってのは」

「穿《は》いてからヒョロッとよろけると、ビリッと破けちまうからヒョロビリ」

「叔父さんだってくだらないや」

与太郎は股引を行李に戻す。

「なんだか半端な物ばかり入ってやがら。本だの燭台《しょくだい》だの。あ、これはいいね。白《しら》鞘《ざや》の刀」

「それは木刀だ」

「なんだ。みんなどこかおかしいよ」

「剃刀《かみそり》はまともだ。樫《かし》の台の鉄砲も一本ある。撃てばズドーンと音がする。少々汚れてるが笛だって立派なものだ。それに、そいつを取ってみろ」

「これか。何だい、この忍者の巻物の親玉みたいなのは」

「それは掛け軸だ」

「鬼子母神が好きだという」

「それはイチジクだろう」

鬼子母神はザクロ、またはイチジクが好物だという。

「そうじゃなくて、絵や文字が書いてある」

掛け軸が何本も入っている。与太郎はその中の一本を広げた。

「ははあ。面白い絵だね。ボラがそうめん食ってるよ」

「そんな絵があるか。それは鯉《こい》の滝のぼりだ」

叔父は与太郎の手から掛け軸を取り上げると、巻き直して行李に戻した。

「いいか与太郎。ここに元帳がある。これにみんな品物の元値が細かく書いてある。たとえば元値が五文だとしたら、売値は十文ぐらいの事を言っておきな」

「また阿漕な事を」

「商売ってのはそうしてやるもんだ。向こうだって言い値では買おうとしない。いくらか負けろと、こう言ってくる」

「売る方が売る方なら買う方も買う方だね」

「それが当たり前だ。二文三文負けたって、十文ぐらい言っておけば儲けが出るだろう」

「ずるい」

「儲けが出なかったら商売じゃないよ。儲けた分で何か買って食ってもいい」

「それを早く言え」

与太郎は元帳をひったくるように手に取った。

「なるほど。これが元帳ね。そうか、元値より高く言っていいんだな。一文の物を五十両に」

「そんなに高く売れるか」

叔父は溜息をついた。

「だけどうんと儲けたいじゃねえか」

「ものには程度ってもんがあるんだ。あんまり欲をかくとやり損なう」

「わかった」

「品はぜんぶ貸してやるから行ってこい」

「夜にかい」

「夜店じゃないんだから昼間だよ。ひなたぼっこをしているうちに売れるってやつだ。場所はな、湯島の伊勢屋ってぇ呉服屋の脇《わき》が板塀《いたべい》になってる。その前にいろんな店が出てるから、お仲間に入れてもらえ。叔父さんの所から代わりに来たってえば、誰でも知ってる。やり方を教えてくれるから」

「そうかい。じゃあお言葉に甘えてちょっくら行ってくらあ」

与太郎は行李を担いだ。

「うまくやるんだぞ」

与太郎は叔父の心配を背に出かけていった。

*

伝助に言われた通り与太郎は道を探して歩いている。

初めて通る道だからいくぶん心細い。だがやがて露天に様々な店が出ている道に出た。

「ここだここだ」

与太郎は辺りを見回す。

地べたに坐って商売をしている一人の道具屋に目がとまった。歳は五十前後だろう。小さな男だが気は強そうだ。目だけがやけにギョロリとしている。

「おい道具屋」

「いらっしゃい。何を差しあげましょう」

道具屋は掠《かす》れ気味の声で挨拶をする。後ろには屋敷があって屋根には猫が眠っている。

「差しあげるだと。そんな力があるのか。じゃあその脇にある大きな石を差しあげろ」

「何を言ってるんだろうね、この人は。買うのか買わないのか」

「欲張るんじゃねえや。あたいも道具屋だ」

「なんだ、間仲《まなか》か」

「真ん中じゃねえ。初めてだからしおらしく端《はし》を歩いてきた」

「道具屋の符帳で仲間か、と言ったんだ」

「孫悟空かお前は」

「変な奴だな。どっから来た」

「本郷の叔父さんの所だよ。あたいからみれば叔父さんは叔父に当たる。あたいは甥に当たる」

「当たり前の事は言わなくていい」

「あたいは与太郎さん」

「なんだ、てめえの方にさんをつけて」

その道具屋は呆れた顔で与太郎を見上げる。

「思い出した。与太郎ね。話は聞いてる。うちの甥にお目出たい奴がいるから
……」

「ほう。叔父貴も陰ではあたいの事を褒めてるのか」

「ほんとにお目出たいね、こりゃ」

道具屋は小声で言った。

「俺《おれ》の隣に坐れ」

「なんだか汚ねえ場所だな。水溜まりがあるよ」

「そこに箒《ほうき》があるから掃《は》け。一服してるうちに乾くから」

与太郎は道具屋の脇に置いてあった箒を手に取った。

「なるほどね。用意がいいや。ほれ」

「うわ」

道具屋は声をあげて身を避けた。

「こっちに掃く奴があるか。向こうへ掃くんだよ。濡《ぬ》れちまったじゃないか」

「一服してるうちに乾くよ」

「口だけは減らねえ野郎だな。もういい。薄縁《うすべり》を敷いて。そうだ。大きい物は前の方に置いて。小さな物は手元へ置け。そうそう。立てかける物は後ろの塀に立てかけて。ハタキをかけて埃《ほこり》が溜まらないように。なんだかあんまりいい物はねえな」

道具屋に世話を焼かれながらなんとか体裁を整えてゆく。

「ほんとに売れるのかな」

与太郎の商売が始まった。

「売れたらおいしい物が食べられますけどね。さあ買え。おーい、買え」

「叫ぶな」

道具屋は与太郎を窘《たしな》める。

「みっともねえ。客が来たら愛想を言えばいいんだ」

そこへ一人の男が立ち止まった。

「早速来ましたよ。いらっしゃい。お二階へご案内」

「おかしな道具屋だな。どこへ上がるんだ」

「後ろの屋根へ」

「おれはカラスじゃねえや」

「でもよく見るとカラスのような顔をしている」

「ひっぱたくぞ」

「まあそう言わずに。そこへおかけなさい」

「かけるところなんぞねえや」

「じゃあしゃがみなさい」

「何を言ってやがる。そこの閻魔を見せろ」

「へ」

「閻魔だよ」

「だったら地獄へ堕ちろ」

「つくづく癪《しゃく》に障る野郎だな。釘抜きを見せろってんだよ。閻魔は舌を抜くだろ」

「ははあ。これであんたの舌を抜くのか」

「莫迦野郎。釘を抜くために使うんだよ」

客は釘抜きを自分で手に取る。

「なんだ、ガタガタで使い物にならねえな。じゃあ鋸《のこ》を見せろ」

「のこ……タケノコか」

「道具屋にタケノコなんぞ買いに来るか。そこにある鋸だよ」

「ええと、ノコにある」

「つまらねえこと言ってんじゃねえ。ノコギリだよ」

「なんだ、そうならそうと早く言えってんだ。お客さん、ギリを欠いちゃいけねえ」

「今度はうまいこと言いやがったな。いいからこっちへ見せろ。うーん、これはなんだか甘そうだな」

「舐《な》めてみりゃ判るよ」

「ノコギリを舐める奴があるか。これは腰が抜けてるよ」

「中気にでもなったかな」

「焼きがなまくらだってんだよ」

「戸塚の先の」

「それは鎌倉だよ。そうじゃなくて焼きが生《なま》だってえの」

「そんな筈はねえ。きっちり焼けてますよ。なにしろ火事場で拾ってきたんだから」

「そんなものを売るな」

客はとうとう怒って帰っていった。

「莫迦」

道具屋が呆れている。

「火事場で拾ったなんて言う奴があるか。俺の品まで安っぽく見えるじゃねえか。棟梁《とうりょう》だとかおだてて〝こんな赤ですが、柄をすげかえれば竹ぐらいは切れます〟てなことを言って売りつけちまうんだよ」

「この悪党」

「こっちだって商売だ。相手の懐に飛びこまなくちゃいけねえ」

「蚤《のみ》だね」

「小便されちゃあなんにもならねえ」

「え」

「小便だよ」

「やったのかい、今の客」

「やったじゃねえか」

「どこへ」

「捜す奴があるか。道具屋の符帳で、買わずに行っちまう奴を小便てんだ」

「買ってくのが大便」

「余計な事は言わなくていい」

そこへまた客が顔を見せた。

「何か珍な物はないか」

「ええ……」

「珍な物だよ」

「狆《ちん》はいませんが、後ろの屋根に猫がいます」

「何を言ってるんだ。珍しい物はないかと訊《き》いてるんだ」

「珍しい物ね」

「その本を見せてみろ」

「あ、これですか。これはお客さんには読めません」

「失礼な事を言うな。本ぐらい読める」

「でも表紙だけだから」

「表紙だけって。そんな物を置いておくなよ。しょうがない。後ろに燭台があるな。三本足の。それを見せろ」

「これは一本欠けてるから二本足です」

「二本足だったら立たないだろう」

「だから後ろの塀に寄りかかって立ててある」

「買っても役に立たないな」

「そんな事はない。塀ごと買えばいい」

客は呆れて口をあんぐりと開けている。

「おめえ、素人《とうしろう》だな」

「いや、与太郎だ」

「名前を訊いてんじゃねえや。今度はそこの剃刀を見せろ」

「お、旦那《だんな》、顔の割にはいい物に目をつけた。剃刀だけはまともだから」

「この野郎、失礼な野郎だ。まあいい。シャボンも渡せ。試してみよう。おい、そこの鏡を貸せ」

「これですか」

与太郎は手を伸ばして鏡を取った。

「なんだ、汚ねえ鏡だね」

「いえ、鏡は綺麗《きれい》です。お前さんの顔が汚い」

「殴るぞ、しまいには」

そう言いながらも客は剃刀で自分の無精髭を剃《そ》り始めた。

「うん。なかなか剃り心地《ごこち》がいい」

「そうでしょう」

「雨の日に縁側でゆっくり髭を剃るなんてのがまず、俺の楽しみだ」

「雨の日に縁側でゆっくり髭を剃ってるようじゃ、あんまり暮らし向きは楽じゃないね」

「余計な事は言うな」

客はまだ髭を剃っている。

「お前はあんまり見かけない顔だな」

「今日初めてだから。叔父さんの代わりに来たんですよ」

「そうかい。道理で見かけねえと思った。どっから来た」

「粗忽長屋ってとこですけどね」

「へえ。なんだかお目出たい所から来やがったな。歳はいくつだ」

「三十三で」

「若く見えるな。女房、子どもはいるのかい」

「そんなものはいねえ」

「そりゃいけねえな。俺が世話してやろうか」

「旦那の世話じゃあまりいいのが来そうにない」

「何を言ってやがる。時に、両親は達者かい」

「旦那よりは達者に見える」

「いちいち気に障ることを言うね」

だがあまり客は、腹を立てた様子もない。

「うん、サッパリした」

いつの間にか客はすっかり無精髭を剃り上げていた。

「じゃあ、鏡は片づけて。剃刀も返すぜ。邪魔したな」

客は帰っていった。

「なんでえ今の客は。買わずに行っちまった。小便だな。長い小便だよ。酷い目にあった。今度はちゃんと断ろう」

そこへまた一人の客がやってきた。中年の職人風情の男だ。

「おい道具屋。そこにある股引を見せろ」

「これですか」

与太郎は股引を手に取る。

「断っておきますが、小便はできませんよ」

「なに」

「小便はできないって言ったんです」

「なんでえ、そんな股引はいらねえ」

客は帰っていった。

「ちょっとお客さん……。あ～あ、行っちゃったよ。まずいこと言っちゃったな。これは迂闊《うかつ》に断れないよ」

また客がやってくる。四十絡みの丸顔の侍である。

「そこに短刀があるな」

「いえ、うちはたんとはねえんで。少ししか」

「そうではない。その白鞘の短い刀の事だ」

「ああ、これですか」

「そうだ。それは在銘《ざいめい》か」

「何です」

「銘があるかと訊いておる」

「姪《めい》はありません。上野に甥はいますけど」

「お前の親族を訊いておるのではない。刀に銘があるかと訊いておる。こういう所で掘り出し物に当たる事もあるでな」

そう言いながら侍は刀を抜こうとする。

「何だこれは。錆《さ》びついてて抜けぬな」

「ちょっと引っ張ったぐらいじゃ駄目ですよ」

「そうか。だったらお前も手伝え。そっちを引っ張れ」

「しょうがねえな」

与太郎は刀の端を手に取り、侍と一緒に引っ張る。

「ううん、なかなか抜けぬな」

侍の顔は真っ赤になっている。

「そうでしょう」

与太郎も引っ張りながら息を荒くする。

「お客さん。抜けない筈ですよ」

「何故じゃ」

「木刀ですから」

侍は手を放した。

「なんだお前は、木刀を引っ張らせていたのか」

「お客さんが引っ張れって言うから、一応、顔を立てて」

「そんなところで顔など立てるな。木刀など抜けるわけがない」

「へえ」

「抜ける物はないのか」

「おひな様の首が抜けます」

「莫迦莫迦しい」

侍は呆れて溜息を洩らす。

「刀はもういい。鉄砲を見せろ。鉄砲はなんぼだ」

「一本です」

「そうではない。お代を訊いたのだ」

「お台は樫です」

「判らない奴だな。鉄砲の金だ」

「鉄でしょう」

「鉄砲の値を訊いておるのだ」

「音《ね》は、ズドーン」

侍は何も言わずに首を振りながら去っていった。これ以上、関わりになりたくなかったのだろう。斬《き》られないだけましかもしれない。

「これ道具屋」

また客が来た。卵形の顔をした侍だ。この侍は、長野主膳に仕える内藤という者である。

「へい、いらっしゃい」

「笛を探してるのだがな」

「笛なら良いのがあります」

与太郎は笛を差しだした。

「これは汚れているな。売り物ならもう少し埃を取って綺麗にしておくものだ。棒の先に紙でも巻いてな。松居棒という」

「へえ」

客は自分の指を笛の穴に差しこむ。

「む」

客は指を入れたまま困ったような顔をしている。

「むむ」

「どうしました」

「抜けなくなった」

「へ」

「ちょいと笛の中を掃除しようと思って指を入れたのだが、抜けなくなった」

客は抜こうとして指に力を入れる。

「痛……」

「大丈夫ですか」

「まるで抜けぬ。道具屋、この笛はいかほどするか」

「ちょっと待ってください。いま元帳を調べますから」

与太郎は元帳をめくる。

「なるほど、笛は十文。これが元値だから、ええと、一両」

「一両だと。もっと負けろ」

「それは無理です。早く買わないとだんだん上がりますよ。そろそろ二両になります」

「莫迦を申すな。しょうがない、一両でもいいから買う」

「ありがとうございます」

与太郎は笑みを浮かべて頭を下げる。

「買ってはやるが、持ち合わせがないので屋敷まで取りにまいれ」

「畏まりました。旦那の屋敷はどちらですか」

「同じ湯島、すぐ近くだ。ついてまいれ」

与太郎は店を隣の者に頼むと、立ち上がった。

「どの辺りですか」

しばらく歩くと与太郎が尋ねる。

「もうじきだ。ほれ、そこの角の屋敷だ」

見ると立派な屋敷の塀が見えている。

「余人は門から入れぬから、代金は窓から遣わす。しばらく待っておれ」

そう言うと侍は屋敷の中に入っていった。

(ありがてえ)

与太郎はほくそ笑んだ。

(思いも掛けずに儲かりましたよ。あんなボロ笛が一両だなんて。もう今日は商いは止めよう)

与太郎が考え事をしているが、なかなか侍は出てこない。

(何してるんだろうね、一体)

与太郎は窓の格子を恨めしげに見上げた。少し背伸びをして格子から顔を入れる。

「あ、痛」

顔が格子の中に入って挟まり、抜けなくなった。

「痛い。旦那、旦那」

「どうした」

ようやく侍が顔を見せた。

「へえ、旦那、窓はいかほど」

異譚・目黒のさんま

慶応三年（一八六七年）四月十四日。

病床の高杉晋作《たかすぎしんさく》の枕元に、三人の女性が坐《すわ》っていた。

晋作の目は閉じられている。晋作は二十七歳になる。普段はどこか目が据《す》わっているような印象がある人物だが、今日の晋作の目は宙をさまよっている。

妻の雅子《まさこ》は、そんな晋作の手を強く握っていた。雅子はスラリと背が高く、目がパッチリとした別嬪《べっぴん》である。物腰は穏やかで、一歩下がって晋作を支えてきた。

「お前さん」

雅子の呼びかけに晋作の目がうっすらと開いた。その様子を晋作の愛人であるオウノが、目に涙を溜《た》めて見つめている。オウノも丸い目が特徴だが、雅子に比べるとどこか蓮《はす》っ葉な印象を受ける。

「お気をしっかり持ちなされ」

野村望東尼《のむらもとに》だった。

望東尼は晋作が九州に亡命していた折、晋作を匿《かくま》った人物である。三人の中では、一番、肝が据わっているように見受けられる。

雅子、オウノ、望東尼の三人が囲むように晋作を見守っている。

「紙を……」

晋作が弱々しい声で言う。雅子が立ち上がり、紙と筆を取りに部屋を出て行った。

晋作の軀《からだ》をオウノが抱き起こす。晋作は蒲団《ふとん》の上で半身を起こした。

雅子が紙と筆を持って戻ってきた。それを晋作に渡す。晋作は受け取ると、何やら書き記す。

――おもしろき

どうやら辞世の句のようだ。字が乱れている。

――こともなき世をおもしろく

そこまで書いて、晋作は力尽きて紙と筆を落とした。

「お前さん」

雅子は晋作の躰を抱き留める。望東尼が、蒲団の上に落ちた紙と筆を拾うと、晋作の句に続きを書き足した。

――すみなすものは心なりけり

その紙を晋作に見せる。

――おもしろきこともなき世をおもしろくすみなすものは心なりけり

晋作は望東尼が書き足した下の句を読むと、ニヤリと笑った。

「面白いのう」

そう言うと瞼《まぶた》を閉じた。

「お前さん」

雅子の呼びかけに、晋作は二度と応《こた》えることはなかった。

＊

慶応二年八月二十二日に、肺病のために吐血した高杉晋作は、戦列を離れた。闘病生活を続けた後、二十七歳八ヶ月の生涯を閉じたのだ。

葬儀が済んだ後、人が引けた屋敷に三人の女が残り、誰ともなく話し出した。

「まさかこないに呆気《あっけ》なく逝《い》ってしまうとは」

妻の雅子である。

「まだ信じられないわ」

愛人のオウノ。

「どこか妙な気がいたします」

恩人の望東尼である。

「妙な気とは」

雅子が聞き咎《とが》める。

「たしかに高杉殿は肺臓を病んでおりましたが、まだまだ死ぬるようには見えなんだ」

「あんたもそう思う……」

オウノが言った。

「あなたも……」

雅子の問に、オウノは頷《うなず》いた。

「高杉は志士、常に命を狙《ねら》われていましたのや」

「奥さん。まさか晋作は病じゃなくて、殺されたって思ってるの……」

オウノの問に雅子は答えない。

「雅子様。何か妙なことでもおありでしたか」

望東尼が雅子に問うた。

「妙なことと言えば」

雅子は考えた。

「死ぬ前日、高杉は一人だけで秋刀魚《さんま》を食していた」

「秋刀魚を……」

オウノが小首を傾《かし》げる。

「どういう事でしょう」

望東尼が尋ねる。

「いま思えば妙なことです。高杉の食事は総《すべ》てうちが作っていたのやから」

「ではその秋刀魚は高杉殿がご自分でお焼きになったのでしょうか」

「いいえ」

雅子は首を横に振る。

「高杉は、後援者に貰《もら》ったのだと言っていたのです」

志士たちは、多くの後援者に支えられていた。

下関《しものせき》の廻船《かいせん》問屋である白石正一郎《しらいししょういちろう》などは高杉の他、桂小五郎《かつらこごろう》、久坂玄瑞《くさかげんずい》、他藩の西郷隆盛《さいごうたかもり》らを援助したのみならず、高杉が奇兵隊を結成すると、自ら参加してもいる。

ほかにも下関の妓楼《ぎろう》や豪農たち、薩摩《さつま》の豪商、森山新蔵《もりやましんぞう》、あるいは京の薬商、武田《たけだ》家などが志士たちの後援者としてよく知られている。財を蓄えた者だけでなく、庶民たちもまた志士たちを応援し、何かと世話を焼く者がいた。

そんな中の一人に秋刀魚の差し入れを貰ったのだと雅子は思っていたのだ。

しかし……。

「高杉が突然、苦しみだしたのは、秋刀魚を食べた後や」

「じゃあ秋刀魚に毒が……」

オウノが睨《にら》むように雅子に目を向ける。

「いったい誰が晋作に秋刀魚を食べさせたんだよ」

「判《わか》らないのです」

雅子は顔を曇らせる。

「高杉も気にしていませんでした」

名前も名乗らず志士を手助けする者は大勢いた。それが粋なやり方とも思われていたのだ。

「いずれにしろ、高杉殿が死んだことにより、時代は大きく変わりましょう」

望東尼の言葉に、雅子とオウノは深く頷いた。

＊

数日前——。

江戸、目黒《めぐろ》のある家で、幕府隠密、鵜飼左近《うかいさこん》は仲間たちと話し合っていた。

「討幕派は着々と力をつけている。このまま手を拱《こまね》いていてはならぬ」

このままでは幕府が倒れてしまう。その危惧《きぐ》を幕臣たちは抱いていた。

「討幕派の実力者を消すしかあるまい」

この目黒の隠れ家では、様々な暗殺に使う毒を作り、またその毒を相手にどのように飲ませるかを考えていた。多くは相手の好物を調べあげ、その好物に毒を仕込み、相手に食べさせるという方法が探求されている。

「たとえば誰を」

「高杉晋作……」

仲間の一人、堂元喜三郎《どうもときさぶろう》の言葉に、鵜飼左近は口を噤《つぐ》んで思案した。

「すでに高杉の好物は調べあげている。秋刀魚だ」

「秋刀魚……。そこまで調べていたか。しかしそれが、はたして得策か」

「臆《おく》したか鵜飼殿」

「そうではない」

鵜飼は心持ち顎《あご》を引いた。

「もし高杉晋作が死んだらどうなる」

「討幕派は舳先《へさき》を失うも同然。右往左往しよう」

「逆だ」

「なに」

堂元が訝《いぶか》しげに鵜飼の顔を覗《のぞ》き見る。

「どういう事だ」

「高杉は、あれで討幕派の歯止めとなっているのだ」

「歯止めだと。高杉は暴れ牛のようなものではないか」

「見かけはな。だが思いのほか理屈を重んじる男だ。京への出兵に反対していたし、攘夷《じょうい》論者でもない。高杉が健在だからこそ、理の通じない本物の暴れ牛共が抑えられていると見るべきだろう」

「なるほど」

堂元は頷いた。

「高杉晋作を暗殺すれば、逆に倒幕に弾みがついてしまう」

「だがそれはお主の考えに過ぎぬな。本当のところはやってみなければ判らぬ」

「それはそうだ」

鵜飼も頷いた。高杉を殺《や》るべきか殺らざるべきか。二人は思案に暮れた。

「殿にお伺いを立ててみたらどうだろう」

英明の呼び声高い殿である。

「高杉に秋刀魚を喰《く》わすか喰わさぬか。すなわち高杉を殺るか殺らぬか。殿のご決断次第というわけじゃ」

「それも良いかもしれぬ。しかし殿は秋刀魚などという下々の魚などご存じあるまい」

「秋刀魚は知らなくとも、高杉を殺るべきかどうかの判断なら下してくれよう」

「しかし我ら隠密が殿にお目通りすることは難しい」

「なんとか手立てを考えろ。話はそれからだ」

「うむ」

堂元がそう言うと、鵜飼も頷くしかなかった。

＊

男湯の二階座敷で、粗忽《そこつ》長屋のご隠居と、与太郎《よたろう》、八《はち》、熊《くま》らが話をしていた。

江戸は風が強いから、よく土埃《つちぼこり》が舞いあがり、誰しも毎日、湯に入ることが習わしだった。

江戸の町内にはどこでも一、二軒の湯屋があった。江戸の初めは下帯をつけての蒸し風呂《ぶろ》だったが、百五十年ほど前の宝永年間から裸で湯に浸《つ》かるようになった。

湯銭は大人十文、子供六文である。

男湯の二階座敷には将棋や碁盤が置いてある。もっとも二階座敷でくつろぐにはさらに八文払わなくてはならない。だが菓子と茶がつくので、飲み屋の代わりと思えば高い金ではなかった。

「ところで何だね」

八が菓子を頰張《ほお》りながら言った。

「殿様ってえのはお目出たい人が多いって言うな」

「へえ、そうかい。あたいもよくお目出たいって言われるな」

与太郎が言った。

「まあ、おめえのお目出たいとは格が違うがな」

「いずれにしろあたいは殿様と同じ類《たぐい》の人間だ」

「広く括《くく》りゃあそういう事になるか」

「褒《ほ》められた」

「別に褒めちゃいねえ」

八が呆《あき》れたように言う。

「殿様のご先祖は、戦を勝ち抜いて人の上に立ったかたがたですよ」

湯飲みを床几《しょうぎ》に置いてご隠居が口を開いた。

「ところが二代目、三代目になると、ご家来衆が、下にも置かない育て方をする。それがよくない。与太郎とまでは言わないが、似たような人間ができあがる」

「へへ、ご隠居まであたいを褒めて」

「褒めてないって」

熊が与太郎を窘《たしな》めた。

「十五夜の夜に〝お月様が見事だ〟と言った殿様が家来に窘められた。月に〝お〟などおつけくださいますな。月は月。呼び捨てに願いますとな」

「なるほど」

「で、そのあと殿様は次のように言ったな。〝月は見事じゃ。星めらも悪くない〟」

熊が噴きだした。

「星をそこまで悪く言うことはないね」

「お姫様だって世間のことは何にも知らない」

「何か話がありますか」

「うむ。ある大名行列のことだ」

江戸は将軍のお膝元《ひざもと》だから、大名行列の度にいちいち土下座をしていたのでは暮らしが成り立たない。中にはすっかり慣れて軽口を言う輩《やから》も出てくる。

「大名行列の中のお姫様を見つけたお調子者たちの会話だ」

ご隠居は次のような会話を披露する。

――おい見ろよ、お姫様だぜ。綺麗《きれい》だねえ。

——本当だ。

——あんな高貴なお人と懇《ねんご》ろになって乳繰りあいたいものだぜ。

——莫迦《ばか》ぬかせ。おめえなんぞ、かかあと交《まぐ》わいでもしてろ。


「この最後の〝交わい〟という言葉がお姫様の耳に入った」

「よりによって大変な言葉が耳に入っちゃったね」

「さらにお姫様は館に帰ってから、その言葉の意味を側近の爺《じい》に尋ねた。〝これ爺や。交わいとは何ぞや〟」

「困ったろうね、尋ねられた爺やは」

「だからごまかしたね。〝お姫様。交わいとは、えーその、歌留多《カルタ》などの遊びのことでございます〟〝なに歌留多とな〟〝はい。退屈した時などはみな遊びをいたします〟するとお姫様は言ったね。〝そうか。わらわも退屈している。爺や、奥の部屋へ行って交わいでもいたそう〟」

熊が噴きだした。

「そういえばこないだ、うちのかかあの里に殿様が寄ったらしい」

八が言う。

「おめえのかかあの里って目黒だったよな」

「ああ。そこに殿様がいらしたんだ」

「本当かい」

「本当だとも。俺《おれ》が言うんだから間違いない」

「お前さんが言うから心配なんだよ」

「失礼なご隠居だね。本当だったら本当なんだよ」

「で、どうして殿様がそんな小汚い場所に寄ったんだ」

「小汚ねえってどうして判る」

「それはその、お前の女房の顔を見てたら判る」

「なるほど、って、感心してちゃいけねえや」

「で、どうして寄った」

「なんでも狩りの途中だったらしい」

「お前の女房の親でも狩ってたか」

「俺の女房は狐《きつね》の一族じゃねえや」

　八がむくれる。

「そうじゃなくて鷹《たか》狩りだ。その途中、ちょうどかかあの里の辺りで腹が減ったらしい」

「そりゃあ殿様だって腹ぐらい減るだろうからな」

「驚いたことにかかあの親が焼いていた秋刀魚を食ったそうだ」

「へえ、殿様が秋刀魚をね。しかも八のかかあの実家の秋刀魚を喰いやがったか」

「そうよ。殿様が庶民の魚を食いなさった。これを機に政《まつりごと》が変わるかもしれねえな。下々まで目が行き届くようになったり。そうだそうだ。もしかしたらかかあの実家が、日本の政に関わったのかもしれねえ」

「莫迦言え。粗忽長屋に繋《つな》がりのある人間が、どうして日本の政に関わりなんぞ持つものか」

「ちげえねえ」

八は頭を掻《か》いた。

「莫迦なことを言ってないで、これから飯でも食おう。今日は儂《わし》が秋刀魚をご馳走《ちそう》しよう」

「ありがてえ」

八の腹が、グウと鳴った。

＊

殿様が本御殿、上段の間に近習の者を呼んだ。

「殿。お呼びでございますか」

井上清尚《いのうえきよなお》という側近がやってきた。三十四歳になる男で、中肉中背、四角張った顔と大きな目は実直そうに見える。

「うむ。今日は気分がよい」

外を見ながら殿様が言う。

「はは。良い天気でございますからな」

「このような良い天気の日には散歩などをしたいな」

「殿」

「何じゃ」

「外にお出になるなら、武芸鍛錬のために、遠乗りなどいかがでしょうや」

「ふむ。遠乗りか。久しくしていない。良かろう。だが疲れるから近くまで遠乗りしよう」

「それでは遠乗りになりませぬ」

「それもそうか。では長州まで行くか」

「遠すぎます」

井上が溜息《ためいき》をついた。

「ではどの辺りまで遠乗る」

「遠乗るという言葉はあまり聞きませんが」

井上は思案する。

「目黒辺りがよろしいかと存じます」

「うむ、目黒か。あすこは良いな。遠くもなく近くもなく。鄙《ひな》びていて長閑《のどか》じゃ。では支度をせよ。ついでに鷹狩りでもしよう」

「はは」

井上は大急ぎで支度をする。あまり大袈裟《おおげさ》なことが好きではない殿なので、家来衆の数もそこそこに、飛び出すように出かけることになった。

大手門を出ると殿様が先頭を切って走る。

家来衆は、それぞれ馬屋へ駆けこみ、急いで殿様の後を追う。

支度に手間取るものだから先に飛び出していった殿様になかなか追いつかない。

だが馬を操る技では殿様に後れを取る者はいないから、目黒に着く頃には追いついた。

井上が真っ先に殿様を見つける。殿様は馬から下りて尻《しり》をさすっている。太平の世で、普段あまり馬など乗らないから、木の鞍《くら》の上でボコボコとやられてすっかり参ってしまったのだ。

「いかがされました殿」

井上が尋ねる。

「何でもない。少し休んでいるだけじゃ」

「困りましたな。遠乗りですから、もう少しご乗馬を。休んでいる殿に追いついても、我らの自慢にもなりませぬ」

「抜かしたな」

殿は憤慨した。

「その方共に尋ねるが、もし戦場で馬を敵に射られたならどうする」

「徒歩《かち》にて戦いまする」

「余はその訓練をしていたのじゃ」

「はは」

殿様の言い訳に家来たちは仕方なくひれ伏した。

「あそこに小高い丘がある」

殿様の指さす方を見ると確かに丘が見える。

「中程に松の木が一本、生えている。あそこまでその方共と徒歩で駆け比べじゃ。徒歩なら負けぬ」

馬なら負けたと言っているようなものだが、殿様は気づいていない。

「それ」

殿様はまだ家来衆の備えができる前にいきなり駆けだした。

「あ、殿」

こうなると我が儘《まま》な殿様だから後には引けない。井上を先頭に、家来たちも駆けだした。

日頃鍛えている家来たちはすぐに殿様に追いつく。だが追い抜こうとすると「何だお前たちは」と殿様が声をかける。

「何だと申されても、駆けているのです」

「主人の前に出るとは無礼者。下がれ」

「はは」

これでは勝てるわけがない。そんな駆け比べをしているうちに松の木に着いた。

「やはり余が一番だったか」

「恐れ入ります」

井上も切腹にでもなったら厭《いや》だからあえて逆らわない。

「さて、駆け比べをしたら空腹を覚えた。弁当を持て」

「へ」

「弁当だ」

「ええ……」

いきなりの外出だったので弁当など用意していない。

「恐れながら、火急のことでしたので、弁当を用意しておりませぬ」

「そうか」

殿様はあからさまに気落ちした顔をする。だが重ねて「なぜ用意しなかったのか」とは訊《き》かない。訊けば、家来が切腹しなければならなくなる。幼少の頃よりその辺りのことは、しつけられているから殿様も我慢する。だが空腹だけはどうにもならない。腹がグウとなる。

空を見上げると鳶《とんび》が悠然《ゆうぜん》と輪を描いている。

「あの鳶はもう弁当を食べたに違いない」

「おいたわしい」

その時、どこからともなく腹を刺激する匂《にお》いが漂ってきた。

「む……この匂いは何じゃ」

井上が嗅《か》ぎわけようと目を瞑《つむ》る。

「これは……秋刀魚の匂いでございます」

「秋刀魚とは何じゃ」

「魚でございます。近くの百姓家で焼いているのでしょう」

「魚か。そのような魚は食した事がないな」

「下魚ですので、殿様の口にするようなものではございませぬ。下々の食べ物でございます」

「そのような事を申すな」

腹が減っている殿様は食べたくてしようがない。

「戦場で腹が減ったら何とする。腹が減っては戦はできぬ。下魚だろうが何だろうが食さねばならぬ。苦しゅうない、秋刀魚をこれへ持て。目通り許す」

大袈裟になってきた。

「畏《かしこ》まりました」

家来たちも殿様の命令だから逆らえない。匂いを頼りに秋刀魚を焼いている農家を探り当てる。脂が乗りきっている秋刀魚を焼いているから、家の中に煙がもうもうと立ちこめている。

「酷《ひど》い有様だな。誰かいぬか」

中から老夫婦の話し声が聞こえる。

「爺さん。誰か来たようですよ」

「粗忽長屋から婿殿《むこどの》でも逃げてきたかな」

娘は江戸市中の粗忽長屋に住む、八五郎という男の下に嫁に行っている。

「どうして婿殿がここに逃げてくるんです」

「誰が婿じゃ」

ようやく家の者と侍が顔を合わせる。

「これはお侍様。何か御用で」

「これ。この家で秋刀魚を焼いておるな」

「これは済みません。すぐに止《や》めますので」

「いや、止めないでよい。実はわが殿が秋刀魚を所望じゃ」

「さすが殿様。高価な魚をお望みで」

「秋刀魚が高価なわけがなかろう。この家で焼いた秋刀魚を分けてもらいたいのだ」

「お安いご用で」

「礼は取らす」

「とんでもないことでございます。お金はいりませんので、どうぞお持ちになってください」

「済まぬな。いかほどある」

「今朝ほど品川《しながわ》まで行って買って参りましたので、二十匹ほどございます」

「なに、そんなにあるか。ではそのうち、十匹ほど焼いてくれ」

「畏まりました」

「飯はあるか」

「勿論《もちろん》でございます。炊きたての飯が一升ございます」

「それは重畳《ちょうじょう》。これは礼じゃ」

侍は懐から一両を出した。

「ええ、小判をいただいても釣《つ》りがございませぬ」

「釣りは要らぬ。そのほうに遣わす」

「これはこれはありがとうございます。なんでしたらもう一度、品川まで行って」

「そんなには要らぬ」

家来たちは手分けして殿様の前に秋刀魚と飯を用意した。縁の欠けた皿に焼きたての秋刀魚を二匹乗せ、掘ったばかりの大根を下ろして添え、百姓家で作った醬油《しょうゆ》を垂らす。それを殿様の所まで運ぶ。

「何じゃこれは」

殿様は秋刀魚を見て驚いた。いつも鯛《たい》ばかり食べている殿様は、魚というものは丸くて赤いものだと思っている。そこへ丸焦《まるこ》げで真っ黒なものが出てきたのだ。しかも焼きたてだからまだジュウジュウと音を立てている。

「爆弾か」

「爆弾ではございませぬ。これが秋刀魚という魚」

「ふうむ、これがな」

殿様はおっかなびっくりと箸《はし》を突き刺して肉を摘《つま》む。それを怖々と口へ運ぶ。

「旨《うま》い」

思わず声が漏《も》れた。

腹が減っている時は何を食べても旨い。そこへ持ってきて脂が乗りきった旬の秋刀魚、その焼きたてに醤油を垂らし、野外で食べる。旨くないわけがない。

「うむ、これは美味じゃ」

秋刀魚をおかずに御飯を食べる。これがまた旨い。食が進む。

一匹目を平らげるとすぐに二匹目に箸を伸ばし、三匹目を催促する。四匹、五匹と、瞬く間に十匹全部を食べ終えてしまった。

「真《まこと》に美味であった。その方共には骨を遣わす」

「骨など要りませぬ」

井上は憤慨する。

「恐れながら殿様、一つお願いがございます」

「なんじゃ」

「ここで秋刀魚を食したことは、どうかお屋敷ではご内密に願います」

「ほう、何故じゃ」

「秋刀魚などという下魚を食べさせたなどと知れましたら、我らの落ち度となります」

「さようか」

殿様はこの辺りもよく躾《しつ》けられている。

「判った。秋刀魚を食したことは口外せぬ」

「ありがとう存じます」

井上は平伏した。

＊

城に帰ってからの食卓には、相変わらず鯛が出る。

殿様はその鯛を見て嘆息する。

（秋刀魚を食したい）

遠乗りで食べた秋刀魚の味が忘れられない。だが口外せぬと約束をしたので口に出せない。

秋刀魚の件を知らぬ家来がいないことを確かめた上で、井上に話しかける。

「そろそろ目黒にでも参らぬか」

「はて。なぜ目黒に」

「遠乗りじゃ」

「それだけですか」

「無論じゃ。じゃが遠乗りすれば腹も減ろう」

「今度は弁当を持参いたします」

「お前はまた弁当を忘れて出かける筈《はず》じゃ」

「忘れませぬ」

「弁当を用意できぬほど突然、出かける」

「二度とそのような外出はお控えください。我らの首が飛びます」

「お前たちの首が飛ぶのは忍びない」

井上は頭を下げる。

「殿。百姓家に食事を分けてもらったなどと、二度と起きてはならぬ事ですぞ」

「あい判った」

殿様も諦《あきら》めるしかなかった。

*

夕暮れ、神社の前で呼び止められた。

「井上殿」

井上は立ち止まり辺りを見回すが、人の姿は見えない。井上は刀に手をかけた。

「拙者《せっしゃ》じゃ」

神社の大銀杏《いちょう》の陰から、侍が顔を見せた。

「お主は……」

隠密の鵜飼左近である。

「井上殿。話がござる。お参りに入る振りをしてこちらへ来られよ」

そう言うと鵜飼はすぐにまた銀杏の陰に姿を隠した。

「何用じゃ」

「し。声を潜めて話されよ」

井上は辺りを見回す。幸いと言うべきか、人の姿は見えない。それでも鵜飼は用心をして姿を隠している。さすがは隠密だと井上は感心した。

「井上殿。実は殿のご意見を伺いたい事態が出来《しゅったい》した。殿と話ができるよう、取り計らってもらいたい」

「なに。殿とな」

「小声で」

鵜飼に再び窘められて、井上は咳払《せきばら》いをして取り繕《つくろ》った。

「どのような用件じゃ」

小声で尋ねる。

「それは言えぬ。だが大事な用なのじゃ」

「隠密が殿とまみえる事はできぬ」

「そこを頼んでいるのだ。なんとかならぬか」

「ふむ」

井上は袂《たもと》から出した手を顎に当てて思案した。

「そうじゃのう」

井上は、殿のこの先のあらましを頭に浮かべる。

「こういう手立てはどうじゃ」

「聞かせてもらおう」

「殿は数日後、御親戚《しんせき》の家に呼ばれていらっしゃる。その席には多くの縁者のかたがたが集まるから、その中に紛れてはいかがかな」

「おう。それはいい」

銀杏の向こうで膝を打つ音が聞こえたような気がした。

「殿は鵜飼殿の顔をご存じか」

「いや。知らぬ筈。だが縁者の中に独り知らぬ者がいたら、それが隠密だと察してくれよう」

「道理じゃ」

「では井上殿。手筈、よろしくお願い申す」

「心得た」

「行かれよ」

鵜飼に促されて井上は神社の境内《けいだい》を後にした。

＊

かねてよりの約束であった親戚の屋敷に赴く日がやってきた。

殿様が用意を調えて主殿で待っていると、井上が声をかける。

「井上でございます」

「入れ」

井上は静かに襖《ふすま》を開け、部屋に入る。

「殿、お人払いを」

「人払いと言っても、この部屋には余とお前しかおらぬ」

「そうでした」

井上は咳払いをした。

「実は今日お伺いするお屋敷に、縁者のかたに紛れて隠密が侍っております」

「なに。よく突きとめた。早速捕らえよ」

「隠密というのは殿のお味方でございます」

「そうであった」

「その隠密が殿に重大なお話がある由」

「ここに来れば良いものを」

「隠密はこの城に入ることなりませぬ」

殿は頷いた。

「見知らぬ顔を見かけましても、驚かれぬよう」

「あい判った」

井上から隠密の話を聞いたところで、殿は家来衆を大勢引き連れて物々しく城を出た。

*

井上の計らいにより、鵜飼と堂元の隠密二人は屋敷の客の中に潜りこむことができた。

（鵜飼殿。いよいよでござるな）

堂元が鵜飼に話しかける。隠密同士の話だから、互いに唇の動きを読むだけで、周囲に声が漏れることはない。

（うむ。高杉に毒を盛るかどうか、周りのかたがたに判らぬよう、殿にお伺いを立てねばならぬ）

（殿は我らのように唇を読むことはできぬぞ）

（そこはそれ、英明と謳《うた》われた殿のこと、拙者がそれとのう匂わせて話をすれば、察してくれよう）

（だといいが）

（おそらく殿は、目黒の隠れ家のことを知っておいでだろう）

隠密たちが目黒で毒を作っていること……。

（そうだろうか）

（知らいでか。もし殿が高杉を殺《や》ることを許可してくれるのなら、目黒の秋刀魚を使えとお命じになる筈）

（なるほど。目黒で秋刀魚など獲《と》れるわけがないから、それは高杉暗殺の命令ということか）

（その通りだ）

鵜飼と堂元は頷き合うと、広間に向かった。

＊

殿様が相手方の屋敷に着くと、大層な歓迎を受けた。

広間に屋敷の主とその奥方を初め、方々からやって来た縁者の侍たちが居並ぶ。

だがその顔を、殿様はあまり覚えていない。一座の中には鵜飼と堂元の顔も見える。

殿様は当然、上座に坐《すわ》る。

「殿」

鵜飼が殿様に話しかける。

「何じゃ」

「この屋敷の裏に、高い杉がございます。その杉が、ちと邪魔になっております」

高い杉とは、高杉晋作のことを暗示している。

「いかが致したら良いでしょうか」

「ふむ」

殿様が考えこんだ。

「考えがまとまらぬ。しばらく待て」

「はは」

鵜飼は平伏した。

「殿様」

今度は屋敷の主が声をかける。

「なんなりとお好みの食事を申しつけくだされ」

「さようか」

殿様は喜んだ。殿様にとってはこれこそが今日の目的である。縁者の中に隠密が紛れていることなどとうに忘れている。勿論、目黒に隠密たちの隠れ家があるなどとは知る由もない。目黒で食べて以来渇望していた秋刀魚を、この機会に食してやろうということで頭がいっぱいだ。

「では秋刀魚を所望する」

鵜飼と堂元に緊張が走る。だがまだ毒を仕込んだ秋刀魚と決まったわけではない。

「さ、秋刀魚でございますか」

「うむ」

屋敷の者が奥に引っこみ、料理方にその旨《むね》伝える。だが下魚の秋刀魚など殿様用に用意していないので、急いで日本橋の魚河岸《うおがし》に仕入れに行く。

いちばんいいところを二十匹買ってきたが、殿様に出す料理だからそのままでは出せないという事になる。秋刀魚は脂の多い魚だから、軀に障ったら一大事、秋刀魚を開いて蒸す。これですっかり脂が抜ける。

次に小骨を骨抜きで一本一本莫迦丁寧に抜いてゆく。骨を抜いたら形が崩れた。そのままでは出せないのでお椀《わん》に汁と共に入れて、ようやく殿様の前に差しだした。

「殿。先ほどの高い杉のことですが」

鵜飼が再び尋ねる。

「まあ待て。秋刀魚を一口食してからじゃ」

殿様はその椀を手に取り、中身を覗くように見る。

「これは秋刀魚か」

「御意。秋刀魚にござります」

「ふむ」

汁から立ちのぼる匂いは確かに秋刀魚のようだ。

「うむ、秋刀魚じゃ。そちも達者でよかった」

形は違えど、同じ秋刀魚なのだから同じ味がするだろうと、椀に箸を入れ、秋刀魚を摘む。

一口、食べる。蒸して脂が抜かれている。ジュウジュウと焼けたあの秋刀魚とは比ぶべくもない。

「うむ」

殿様は気落ちしたように肩を落とした。

「これ、この秋刀魚はどこで仕入れた」

殿様の問いかけに、鵜飼と堂元が、高杉暗殺の決断を確かめようと聞き耳を立てる。

「は。日本橋の魚河岸でございます」

「ああ、それはいかん。秋刀魚は目黒に限る」

異譚・時そば

久し振りに山本屋の若旦那《だんな》、といっても勘当の身だが、助三郎《すけさぶろう》が松ノ湯の二階に顔を見せた。

二階には八五郎《はちごろう》や熊《くま》、棒手振《ボテ》りの丈吉《たけきち》、鳶《とび》の辰五郎《たつごろう》、あるいは与太郎《よたろう》、団吉《だんきち》、御隠居と、いつもの面々が顔を揃《そろ》えている。

「いますね、呑気《のんき》な連中が雁首《がんくび》揃えて。昼間っから湯屋の二階だなんて、閑《ひま》だねえ、みなさん。ほかにやる事ないのかね」

二階に上がるなり粗忽《そこつ》長屋の連中を見つけて声をかける。

「自分もその閑人の一人だってえことに気づいていませんね」

丈吉が呆《あき》れたような声で言う。

「どうした丈吉さん。薩摩《さつま》揚げみたいな顔をして」

「あたしの顔が薩摩揚げに見えますか」

「見えるね。それも腐りかけたやつ」

酷《ひど》いことを言う。

「しかし何だね。薩摩揚げで思い起こされちゃいましたけど、このところ旨《うま》いものを喰《く》ってないね」

若旦那は皆のそばに坐《すわ》ると愚痴《ぐち》を言った。

「仕方ないでしょう。若旦那、勘当されちゃったんだから」

八五郎が若旦那を宥《なだ》める。

「何か旨いものを喰いたいですよ。傍《かたわ》らに美女を侍《はべ》らせて」

「高望みが過ぎます」

「ああ、世が世なら」

「始まったよ」

八と若旦那のやりとりを見ていて鳶の辰五郎が嘆息する。

「あの人、湯屋に来ると妄想《もうそう》始めちゃうから」

そんなことにはお構いなしに若旦那はなおも嘆く。

「世が世なら、あたしは大店《おおだな》の若旦那ですよ」

「世が世ならじゃなくて、あなたが真面目《まじめ》に働いていたらでしょう」

「真面目に働いていましたよ。一日働くと次の日は疲れますよ。だから軀《からだ》を休めるために鰻《うなぎ》で一杯。これで疲れが取れて、次の日は吉原《よしわら》。これは働いた自分へのご褒《ほう》美《び》です。次の日は、労働を控えて英気を養うために船遊び。次の日は」

「もういいですよ」

　団吉が止めた。

「どうも遊んでる方が長いね、若旦那の場合は」

「あたしの場合はそう」

「認めてるよ」

　辰五郎が呆れる。

「近頃は蕎麦《そば》も二八蕎麦ばかり」

　町々を流して歩く蕎麦は代金が十六文だから二八の十六で二八蕎麦とも呼ばれている。

「たまには、きちんとした店で酒を飲みながら頂きたいものです」

「それが贅沢《ぜいたく》てえんですよ」

「あたい、前から気になってたんだけどね」

　与太郎が口を挟む。

「何だい」

「蕎麦ってえのはうどんと比べてどうして黒いんだろう」

「そりゃあ、蕎麦だからだろ」

「いや、遠くから見ても黒かった」

「相変わらずだな、与太郎さんは」

御隠居が苦笑いをする。

「だからお前さんは愚者だって言うんです」

「あれ、あたい、なんか踏み潰《つぶ》しましたか」

「どうしてだ」

「グシャッて言ったから」

「そうではない。愚かなる者と書いて愚者と読む。つまりお前のことだ」

「へえ。あたいが愚者。ありがとうございます」

「礼を言われても困る」

「あたいはてっきり、今日、浅草《あさくさ》で餡《あん》ころ餅《もち》を食べたから、それを踏み潰したのかと思った。餡ころ餅を一つ落としてね。コロコロ転がったから。あれは餡が転がるから餡ころ餅って言うんだろうね」

「そうではない。餡に衣《ころも》を着せてあるから餡衣餅、それが詰まって餡ころ餅だ」

「へえ」

「ときに浅草は人は出ていたかな」

「そりゃあもう。出たの出ないのって」

「どっちだ。出たなら出た。出ないなら出ないとお言い」

「じゃあ、出ました。猫も杓子《しゃくし》も出ていました」

「猫が出るのは判《わか》るが杓子は出ないだろう」

「ええ。でもそう言いますから」

「あれはもともと女子《めこ》も赤子《せきし》もと言う。つまり女も子供もという意味だ。それがなまって猫も杓子もとなる」

「さすがご隠居は物知りだ」

　辰五郎が口を挟む。

「そういうふうに物知りだと、物の名前の由来なんてえのは何でも知ってますでしょうね」

「勿論《もちろん》だ」

　おだてられて気分が良くなったのか、それとも引っ込みがつかなくなったのか、ご隠居が辰五郎と調子を合わせている。

「だったら教えてもらいたいんだけど、蕎麦はどうして蕎麦って言うんです」

　若旦那がご隠居を見た。

「それはだな。初めて蕎麦を作った男の家の側《そば》に、蕎麦が生えていた。だからそばだ」

「へええ。家の側にね」

　辰五郎が少し胡散《うさん》臭げな顔になった。

「だったらもう一つ教えてもらいたいんだけどね、昨日おいら、川で鮒《ふな》を釣ったんだけどね」

「川で鮒をな。大人の行動じゃないな」

「それはいいじゃないですか。で、あれはなんで鮒ってんです」

「川の中をフナフナ泳いでいるから鮒だ」

「フナフナ……。フナフナ泳いでるんですかね。だったら鯉《こい》はどうして鯉です」

「軀の色が鮒より濃いからだ」

「ははあ。じゃあ鮪《まぐろ》は」

「鯉よりも色が濃い。つまり真っ黒《ぐろ》だから鮪」

「鮃《ひらめ》は」

「平たいところに目があるから鮃だ」

「言われてみれば尤《もっと》もだな。鰻は」

「鵜飼《うかい》の鵜を知っているな」

「知ってます。魚を呑《の》みこむ鳥ですね」

「そう。魚を呑みこむのが得意な鵜でも、鰻を呑みこむときは長すぎて難儀する。つまり鵜が難儀するから鰻だ」

「ははあ。じゃあ鰻を焼いたのはなんで蒲《かば》焼きってんです」

「あれは最初、莫迦《ばか》焼きと言った。鰻はノロノロして莫迦な魚だからな。だがそれでは名前が悪い。食べる者もいなくなるからひっくり返してかばやきとなった」

「ひっくり返すのはおかしいじゃないですか」

「ひっくり返さないと焦《こ》げる」

「うまいこと言うね。湯飲みの由来も判りますか」

辰五郎が湯飲みを手に取りながら訊《き》く。

「湯を飲む道具だから湯飲みだ」

「土瓶《どびん》は」

「土で作った瓶だから土瓶」

「薬缶《やかん》は」

「薬缶か。うむ」

「判らないですか」

「莫迦言え。判る」

「じゃあ教えてください」

「あれは初め、水沸かしと言った」

「それを言うなら湯沸かしでしょう」

「湯を沸かしてどうする。水を沸かして初めて湯になる」

「なるほど。理屈だ。でもその水沸かしがどうしてヤカンになったんです」

「それについてはここに一つの物語がある」

「聞かしてもらいましょうか」

「頃は戦国時代」

「随分と昔だね」

「信州川中島を挟んで武田信玄と上杉謙信が対峙《たいじ》していた」

「聞いたことがあります。川中島の戦いですね」

「そうだ。武田信玄は亀《かめ》がビックリしたような顔をしていたから亀治郎と陰では呼ばれていた」

「本当ですか……」

「本当だ」

「聞いたことないや」

「だったらいま聞きなさい。上杉謙信は学問好きで、学問を追究する徒だから学徒と呼ばれた」

「武田信玄が亀治郎で上杉謙信が学徒ですか」

「そう」

「じゃあ山本勘助は……」

「そこまでやったらくどい」

「判ってやがる」

「亀治郎信玄と、学徒謙信。その二人の戦いの最中、ある時、夜に大雨が降った。こんなときにまさか攻めては来ないだろうというので武田側は油断したね。英気を養おうと酒を飲んで寝てしまった。ところがそこへ鬨《とき》の声。上杉方が攻めてきた。攻められた方はたまらない。酒を飲んだ上に寝込みを襲われたからみんな大慌《おおあわ》てだ。人の兜《かぶと》を被《かぶ》ったり一つの鎧《よろい》を三人で着たりと大騒ぎ。その中でも一人、武田方の落ち着いた若者がいて悠々《ゆうゆう》と鎧を着た。ところが兜を被ろうとしたときに置いてあった筈《はず》の兜がない」

「誰かに被られちゃったんだ」

「そう。困って辺りを見回すと水沸かしがある。急場しのぎでこの水沸かしを兜代わりに被った」

「へえ。で、どうしました」

「水沸かしを被ってはいるが、この若侍は強かった。敵勢の中に飛びこんでいって鬼神の如《ごと》き活躍を見せる」

「それは凄《すご》い」

「もちろん敵だって黙っていない。水沸かしを被った若侍目がけて矢を放つ。その矢が若侍が被った水沸かしに当たる。カーンと音がする。矢が当たってカーンだ。また矢が当たってカーン。矢カーン。矢カーン。ヤカンになった」

「とうとうなったね。水沸かしがヤカンに」

ご隠居の屁理屈《へりくつ》に辰五郎は感心している。

「でもヤカンなんか被りにくいでしょう」

「そうでもない」

「蓋《ふた》はどうしました」

「ぼっちを銜《くわ》えて面の代わりにした」

「へえ、ヤカンの蓋を面にねえ。じゃあ把手《とって》は」

「顎紐《あごひも》の代わりに顎にかける」

「注口《くち》は邪魔でしょう」

「昔の戦はみな名乗りを上げるから、その名乗りを聞くための耳の役目をしたな」

「ヤカンを被ったら注口は下を向きますよ。耳なら上を向かなくちゃ役に立たねえ」

「下を向いてていいんだ」

「どうしてです」

「その日は大雨が降っていた。注口が上を向いてたら雨が流れこんできて耳垂れになる」

「強情だね、ご隠居も。耳なら両方になきゃいけないよ。片方しかないのはどういうわけです」

「ない方は枕をつけて寝る方だ」

丈吉が噴きだした。

「そんな莫迦話ができるって事は、世の中平和だってことですな」

辰五郎とご隠居の話を聞いていた丈吉が感想を述べた。

「そうだそうだ。戦《いくさ》の時代に生まれたら大変だ。呑気にしてられませんよ」

若旦那がしみじみと言う。

「でも近頃は何だか世の中の動きが怪しいですよ」

ご隠居が言った。

「このところのご政道を見てご覧。なんだかきな臭いじゃありませんか」

「ちげえねえ」

辰五郎が肯《うべな》った。

「佐幕だ勤王だって、今にも戦をおっぱじめようって勢いだぜ」

「江戸で戦が始まったら、江戸は火の海になりますよ。地獄絵図です」

「そりゃ、べらぼうな話だね」

「満更《まんざら》、絵空事とは言えませんよ。幕府が勤王派によって武力で倒されようなんて事になったら……」

「江戸は大変なことになるな」

「江戸で戦か」

「そうはなってほしくないですよ」

「おう八」

辰五郎が八に大きな声をかける。

「おめえもいつも太平呑気な面してねえで、たまにはでっかい事をやってみろ」

「でっかい事ってえと」

「江戸を救うとかな」

「まあ、考えとこう」

「考えとくってやがら」

二階が笑いに包まれ、きな臭い世間の憂《う》さが僅《わず》かだが晴れたようだ。

＊

第十四代将軍家茂《いえもち》が大坂城で没した後、十五代将軍に徳川慶喜《よしのぶ》が就任した。慶応二年（一八六六年）十二月五日のことである。

その二十日後の十二月二十五日、幕府贔屓《びいき》だった孝明天皇が三十六歳で崩御された。翌慶応三年（一八六七年）、後を継いで即位したのは弱冠十六歳の明治天皇である。

（さて、次なる手は……）

岩倉具視《ともみ》は京の自宅で白湯《さゆ》を飲みながら、頭の中で計画をおさらいしていた。

（幕府贔屓の孝明天皇が崩御された今、新しい帝《みかど》に倒幕の密勅《みっちょく》をお出しいただくことも可能になった）

帝からの倒幕の密勅が薩長に届けられれば、薩長、いや、反幕府の全藩が大挙して江戸に総攻撃をかけることになろう。倒幕の総攻撃は、かねてより江戸攻めを主張していた西郷隆盛の薩摩、そして薩摩と手を組んだ長州は言うに及ばず、芸州（広島県西部）も加担に賛意を示していた。

もともと佐幕色の強かった土佐藩の前藩主、山内容堂は、この事態を憂慮し、十月三日、藩士後藤象二郎《しょうじろう》を通じて、大政奉還《たいせいほうかん》の建白書を幕府に提出した。この建白書は、政権を朝廷に返すよう幕府に提言するもので、この年の六月に坂本龍馬が、長崎から京に向かう航海の途中に後藤象二郎に授けた船中八策《せんちゅうはっさく》が元になっている。

第十五代将軍徳川慶喜は、その建白書を受け入れるかどうかを判断しなければならない立場に追いこまれていた。

一方、岩倉具視は、十月十四日に倒幕の密勅を薩長に下す手筈を整えていた。

（十月十四日……。この日、総《すべ》てが決する。この日に計画通り倒幕の密勅が薩長に渡れば、江戸総攻撃が開始され、江戸は火の海になる）

武力革命の達成である。

（武力による倒幕でなければ意味がない）

岩倉はそう思っていた。血を流してこそ新しい世の中が祝福されるのだ。これは西郷の意志でもある。心配なのは、徳川慶喜が戦いを選ばず、自ら政権を放棄、すなわち大政奉還を選ぶことだが……。

（なに、それはないだろうよ）

徳川慶喜は誇り高き将軍だ。自ら日本国将軍の座を降りる決意などするわけがない。

岩倉具視は幽《かす》かな笑みを浮かべると白湯を飲み乾《ほ》した。

＊

朝廷側が甲賀衆を中心とした陰の組織を作っているように、幕府側も陰の幕府とも言うべき組織を作っていた。

引退した幕府重鎮、江戸随一の学者、幕府を裏から支える富豪たち、そして隠密たちを使って暗殺を実行したり、あらゆる情報を集め、諸事情に通じている伊賀衆の頭領などがその構成員である。

伊賀衆は暗殺を実行する場合、将軍の意見を聞く場合もあったが、時の将軍たちは将軍たちで、政《まつりごと》に迷うたびに、陰の幕府を利用してきた。

そして今……。

徳川慶喜は、土佐藩の前藩主、山内容堂から提出された大政奉還の建白書を前に迷っていた。

（権現様《ごんげんさま》から綿々と受け継がれてきた徳川家の天下を、余の代で終わらせて良いものか）

いや、良いわけがない。だが、大政奉還をしなければ、勤王派の諸藩が江戸に攻め入ることは目に見えている。

（いったいどうすれば良いのか）

徳川慶喜は陰の幕府に判断を委《ゆだ》ねることを決意した。

＊

徳川慶喜の命を受けた陰の幕府は、直ちにあらゆる情報を集め、あらゆる事態を想定し、今後の政策について検討を重ねた。

いかなる施策が徳川家、延《ひ》いては自分たちにとって都合がよいのか。

答は二つに一つである。すなわち、大政奉還を受け入れるか、拒否するか……。

結論が出たなら、陰の幕府はその結論を江戸城内の将軍に伝えなければならない。陰の幕府は江戸城から離れた場所に組織されている。故に陰の幕府で下した結論を、誰かが江戸城内に運ばなくてはならないのだ。それには通常、隠密たちが使われた。陰の幕府の隠密が、江戸の町のどこかで江戸城内の使者と連絡を取り、結論を江戸城内に運んでもらうのだ。

謀《はかりごと》は密なるを以《もっ》て良しとする。重大な結論を、迂闊《うかつ》に運んで敵方の間者に知られてはならない。また、江戸城内の反対派にも悟られてはまずい。故に陰の幕府の隠密たちはいつも様々な仕掛けで敵を欺《あざむ》くのだ。

此度、陰の幕府との繋《つな》ぎに用いたのは蕎麦屋だった。

江戸城側の使者が蕎麦屋に化けて、予《あらかじ》め示し合わせた場所に現れる。そこへ陰の幕府の隠密が現れ、蕎麦を頼む。その客と蕎麦屋、つまり陰の幕府の隠密と、表の幕府の使者が遣《や》り取《と》りを交わす。その遣り取りのうちに、陰の幕府の決定を伝えようと言うのだ。

他の客や敵の間者が聞いているかもしれないから、そのまま結論を言うことはできない。そこで、蕎麦の勘定を使った符帳を予め取り決めてあった。

江戸の蕎麦は一律十六文だ。陰の幕府が大政奉還を拒否する決定を下した場合は、そのまま十六文を払う。

もし大政奉還を受け入れる決定を下した場合は、十六文に大、政、奉、還の四文字を足して、二十文払うことにする。

そして……。

遂に陰の幕府は決断を下した。

――大政奉還を拒否する。

徳川幕府が政権を返上することなど、ありえない。この日の本は、未来永劫《えいごう》、徳川幕府が取り仕切るのだ。故に大政奉還案などは受け入れてはならない。

それが結論なのだ。

陰の幕府は、早速、子飼いの隠密に、蕎麦屋に化けた江戸城の使者と連絡を取るように命を発した。

慶長五年（一六〇〇年）、徳川家康が関ヶ原の戦いに勝利し、江戸幕府を開いて以来二六五年間、徳川家は盤石の体制で日本の政を司《つかさど》ってきた。

だが……。

＊

江戸に近い某藩の若殿、熊川吉右衛門が記憶をなくし、熊という名で江戸下町の粗忽長屋に流れ住むようになってから、微妙に政が揺らぎ始めた。

まず、安政五年（一八五八年）、帝の組織が次期大老に井伊直弼《なおすけ》を推すのはやめようとの決断を下した。井伊直弼が大老になれば、ゆくゆくは日本にとって憂いとなるだろうとの判断である。帝の組織は、その決定を、花見に紛れて伝えようとした。ところが、粗忽長屋の面々が常識では考えられぬ花見を行ったせいで、帝の組織の使者が伝言を誤って受け取ってしまった。結果、井伊直弼大老が誕生してしまったのだ。やがて井伊は安政の大獄を引き起こし、幕府に対する反感を必要以上に煽《あお》ってしまった。

また、天慶二年（九三九年）、坂東の地に於《お》いて、平将門《たいらのまさかど》が乱を起こした時のことである。平将門は敗れ去り、命を落とす直前に、関東の地に呪《のろ》いをかけた。いつか天下がひっくり返るようにと。敵方の陰陽師《おんみょうじ》はその呪いを見破り、咄嗟《とっさ》に呪文《じゅもん》をかけて呪いを封印した。その呪いを解くには、ある言葉が発されなければならないのだが、それは普通なら絶対に発されないような言葉なのだ。ところが、時を隔てた徳川の世、何を間違えたのかその言葉が粗忽長屋の住人によって発言されてしまった。そして呪いが解かれた。つまり、関東の地で、天下がひっくり返ってもおかしくない状況ができあがってしまったのだ。

その状況ができあがった上で、皇女和宮《かずのみや》が幕府将軍、徳川家茂のもとに降嫁した。いわゆる公武合体である。幕府側は、この降嫁によって幕府安泰を計ったのだが、結果は逆に作用した。朝廷側の岩倉具視が〝降嫁するのだから、その代わり幕府側も攘夷《じょうい》を決行せよ〟と迫ったのだ。幕府は攘夷の決行をグズグズと伸ばし、結果、倒幕側の勢いを強めてしまった。この和宮の降嫁を知らずに後押ししてしまったのが粗忽長屋の与太郎だった。

また今年、幕府側の伝言が暗殺実行部隊に誤って伝えられ、生かしておくべき高杉晋作が毒殺されてしまった。結果、事態は巡り巡って、やはり倒幕派の勢いを強めることとなる。この錯誤にも、深い部分で粗忽長屋の住人が関《かか》わっていた。

すなわち……。

安泰である筈の徳川幕府が、粗忽長屋の面々のせいで、倒壊への道を進み始めてしまったのである。

そして今……。

*

八五郎と熊が夜、フラフラと何の目当てもなく江戸の町を彷徨《さまよ》っていると、どこからともなく蕎麦屋の声が聞こえてきた。

「そばぁ〜うい、か。蕎麦屋の売り声ってのも風情があっていいもんだ。この間、湯屋で若旦那が蕎麦の話をしていたもんだから、あれ以来、蕎麦が喰いてえんだ。どうだい熊。喰っていかねえか」

「でも八つぁん。今うどんを喰ったばかりだ」

「ちげえねえ」

二人が角を曲がると、蕎麦屋が見えた。屋台を引いているのは無骨そうな中年の男である。三十前後の調子の良さそうな客が一人、声をかける。

「おう、蕎麦屋」

「へえ。いらっしゃいまし」

八五郎と熊はその様子を足を止めて見始めた。

「何ができる」

「へえ。花巻に卓袱《しっぽく》ができますが」

花巻というのはかけ蕎麦に、もみ海苔《のり》を振りかけたもの、卓袱とは、蒲鉾《かまぼこ》や椎茸《しいたけ》などを載せたものである。

「そうかい。じゃあシッポコをやってくれ。こんな寒い日はシッポコが暖まっていいやね」

「ほんにお寒うございます」

「景気はどうでえ」

「へえ。手前共はとんといけません」

「そうかい。まあ仕方ねえ。こういうのは持ち回りだ。いずれいい時が来る。あきない、といってね、商売は飽きずにやってみるもんだ」

「商いだから飽きずにやる。これはいいことを教わりました」

「なあに。時にお前んとこの看板、変わってるじゃねえか。的に矢が当たってる。何て読むんだい」

「当たり屋でございます」

「ほうほう。いい看板じゃねえか。このご時世に当たり屋。景気がつくよ。おれはこれから仲間とつまらねえ博打《ばくち》でも打とうとしてたんだ。その前に当たり屋に出くわすとは縁起がいい。いいね。おれは今後、この看板を見たら必ず蕎麦を喰うぜ」

「ありがとうございます」

そう言いながら店の親父が蕎麦を差しだした。

「お待ち遠様でございます」

「待ってないよ。やけに早いじゃねえか」

男が蕎麦を受け取る。

「驚いたね。こんな早い蕎麦は初めてだよ。いいね。気分がいい。江戸っ子は気が短けえんだ。頼んだものがいつまでもできねえと、うめえものもまずくなるってもんだ。その点、お前さんの蕎麦は早い。嬉《うれ》しいじゃねえか」

男が箸《はし》入れから箸を取った。

「おお」

取りだした箸を見て声をあげる。

「偉いもんだね。割り箸だよ。これがいいんだ。綺麗《きれい》でね。割ってある箸は誰が使ったか判らないからね。その点、割り箸は自分が最初だって判ってるからね」

男は割り箸を口に銜えてパチンと割った。

「さて、お次は丼《どんぶり》だ」

男はシゲシゲと丼を眺める。

「凄いね、この丼は。この辺りじゃこんないい丼はお目にかかれませんよ。ものは器で喰わせるってね。いや本当だ。いい器だとうまく感じるものなんだ」

男はつゆを啜《すす》る。

「おお」

驚いたような目を蕎麦屋に向ける。

「いいつゆだ。鰹節《かつおぶし》を奢《おご》ったね。この辺りじゃこんないいつゆにはお目にかかれませんよ。こんなにうまく上品に出汁《だし》を取るってのが中々できねえ」

男は割り箸で蕎麦を摘《つま》みあげる。

「蕎麦屋さん。お前さんとは細く長いつきあいをしたいね。どうだいこの蕎麦の細いこと。太い蕎麦なんざ喰いたかねえやね。飯の代わりに蕎麦を喰おうってんじゃねえんだ。ちょいと小腹が空《す》いたときの足しに喰うのが江戸っ子だ。細い方がいいんだ」

男は蕎麦を啜り出す。

「旨い。いい蕎麦だね」

男はどんどんと啜る。

「腰が強くていいや。この辺りじゃお目にかかれねえ腰の強さだね」

男が丼の中から蒲鉾を摘みあげる。

「これはまた随分と厚く切ったね」

蒲鉾を見ながら頷《うなず》いている。

「蒲鉾はこうでなくっちゃいけねえや。この辺りの蒲鉾は薄いからね。あれは情けないね。そこへいくと」

蒲鉾を口に入れる。

「旨いね。喰い応《ごた》えがある」

男は蒲鉾を食べ、蕎麦を喰い、汁を啜って一杯の蕎麦を食べ終えた。

「ああうめえ」

男は満足した様子で丼を置く。

「もう一杯といきたいところだが、実はよそでまずい蕎麦を喰ってきたんだ。その口直しのつもりだったんだよ。一杯で勘弁してくんな」

「恐れ入ります」

「いくらだい」

「十六文いただきます」

「よし判った。小銭だから間違えるといけねえ。勘定するから手を出しておくんな」

蕎麦屋は言われるままに手を出した。そこへ男が銭を数えながら乗せてゆく。

「一つ、二つ、三つ、四つ、五つ、六つ、七つ、八つ。いま何刻《なんどき》だい」

「へえ、九つで」

「十《とお》、十一、十二、十三、十四、十五、十六と」

「毎度ありがとうございます」

男は勘定を払うと、サッサと帰っていった。その一部始終を見届けた八五郎と熊がまた話を始める。

「よく喋《しゃべ》る野郎だね」

八五郎が呆れ顔で言った。

「端からしまいまで喋りっぱなしだよ」

「あんなに喋らなくちゃ蕎麦ってえのは喰えないのかな」

「熊。あの野郎、何を喋りやがった」

「そうだな。今日は寒いねから話し始めやがった」

「べらぼうめ。蕎麦屋が寒くしたんじゃねえや」

「次に、どうだい景気は、ときたね。蕎麦屋はあまりよくないと。仕方がない。こういうことは持ち回りだ。商売は商いと言って飽きずにやらなければいけない」

「うめえこと言いやがったな」

「次に看板のことを言ったね。的に矢が当たって当たり屋とは縁起がいい。おいらもこれから博打を打つんだ」

「何でも褒《ほ》める野郎だね」

「次に褒めたのが割り箸だよ。綺麗だからいいって。丼も褒めてつゆを褒めて蕎麦が細くていいと褒めて蒲鉾を褒めて」

「最初っからしまいまで世辞ばかりいいやがって。銭を払うのに世辞を言うことねえじゃねえか」

「そうですよね」

「あんまり様子がおかしいから喰い逃げじゃねえかと思って、もしそうなら、とっつかまえて引っぱたいてやろうって見てたら、銭はきちんと払ったよ」

「そうですね。いくらだい、十六文いただきます」

「二八蕎麦は十六文って決まってらあね。なにもわざわざ訊くことはねえんだ」

「小銭だから間違えるといけねえ、勘定してやろう」

「子供みてえなことしやがって。一つ、二つ、三つ、四つ、五つ、六つ、七つ、八つ。いま何刻だい」

「へえ、九つで」

「十、十一、十二、十三、十四、十五、十六と」

　言い終わって八五郎は何かを考えている。

「どうした兄貴」

「いやなに、あの野郎、おかしなときに時を訊きやがったって思ってな」

「そうだよね。勘定してる途中で。あれじゃあ勘定を間違えちまわあ」

「そうだそうだ。まあ多く払ってりゃざまあみろだ。一つ、二つ、三つ、四つ、五つ、六つ、七つ、八つ。いま何刻だい、九つで。十、十一、十二、十三、十四、十五、十六……。やっぱりどうもおかしいぞ」

　八五郎は今度は折った指をしっかり見据えながら勘定し直す。

「一つ、二つ、三つ、四つ、五つ、六つ、七つ、八つ。いま何刻だい。九つで。十……。ここだよ」

熊が八五郎の折った指をジッと見つめる。

「野郎、やっぱり間違えてやがらあ。ざまあみやがれってんだ。十一、十二、十三、十四、十五、十六……。野郎、少なく間違えやがった」

「得したんだ」

「太え野郎だ。七つ、八つ、何刻だい、九つで。十、十一。ここで一文ごまかしやがった。ちきしょうめ。うまいことやりやがったな。やけに褒めてばっかりいると思ったら、褒めて褒めて、蕎麦屋の頭がボーっとなったところで勘定をごまかしにかかりやがったんだ」

「おいらもやってみたい」

「まあ待て。お前じゃぼんやりして危なっかしいや。まず俺がやってやろう」

「あの蕎麦屋でやるかい」

「さすがに二度続けてじゃ亭主も気づくだろう。それに小銭がねえや。明日にしよう」

そう言うと二人は懐手をして帰っていった。

＊

極秘指令を受けた江戸城からの使者が、蕎麦屋に化けて江戸の町を流していた。四角張った顔の、五十に手が届こうかという男である。

もとより本物の蕎麦屋ではないから蕎麦もいい加減に作っている。小難しい蕎麦はできないから、おろし蕎麦一本槍《やり》だ。しかも手際が悪く、器にも気を遣わない。客など来ない方がいい、繁盛しない方がいいと思っているが、それでもたまに慌て者の客が蕎麦を食べに声をかけてくる。使者にしてみれば、自分の思惑よりも客が来る、繁盛していると感じられてしまう。

（さて。待ち合わせの場所はたしかこの辺りだが）

ここで待っていれば、客を装った陰の幕府の隠密がやって来て、符帳で重大事を告げる手筈になっている。

隠密は切れ者が選ばれている筈だが、見るからに切れ者ふうだと周囲に怪しまれるから、そうとは見えない芝居をしてくるだろう。おそらくかなりの粗忽者の振りをしてくるのではないか。隠密たるもの、それくらいの工夫はするものだ。

（十六文と来るか、二十文と来るか）

十六文ならば普通の客か、もしくは大政奉還の建白書は拒否されたという事になる。

(そうなりゃ江戸で戦が起きる。朝廷側が勝つにしろ、幕府が勝つにしろ、江戸が火の海になることは間違いない)

だがもし二十文なら……。

それは隠密だ。しかも普通の客が二十文払ったら怪しまれるから、切れ者の隠密は周囲の者に怪しまれずにごく自然に二十文払う工夫をしてくるに違いない。

そして二十文払う客が現れたら、それは将軍が大政奉還を受け入れることを意味する。

(徳川家の歴史を鑑《かんが》みれば、そんなことは万に一つもねえ筈だが)

蕎麦屋の使者は、待ち合わせの場所に腰を落ち着けると、粗忽者の振りをした切れ者の隠密を待つことにした。

*

八五郎が昨日の客の真似《まね》をして、一文安く蕎麦を食べようと、蕎麦屋を求めて町を徘徊《はいかい》していた。

(今日に限って蕎麦屋が見つからねえよ)

八五郎は内心、焦り始めた。

（仕方がねえ。普段は通らねえような路地に入ってみるか）

蕎麦屋に巡り会いたい一心である。

角を曲がったところに蕎麦屋がいた。

（いたよ。また妙なところにいたね。たしかに人通りはあるけど落ち着きませんよ、ここは）

まあいいや、と八五郎は蕎麦屋まで歩いていって声をかけた。

「おう、蕎麦屋」

「へえ」

蕎麦屋がギロリとした目を八五郎に向ける。

「なんだよ、随分とおっかねえ蕎麦屋だな」

八五郎はひとりごちた。

「何ができる」

「蕎麦でございます」

「べらぼうめ。蕎麦屋なんだから蕎麦ができて当たり前だ。そうじゃなくて蕎麦の中の何ができるかって訊いてんだよ」

「おろし蕎麦が売りでございます」

「そうかい。じゃあそいつをやってくんな」

「へえ。ありがとうございます」

蕎麦屋は蕎麦を作りはじめた。

「どうでえ、今日はやけに寒いじゃねえか」

「今晩はいつになく暖かで」

「暖か……。ちげえねえや。考えてみれば暖かいよ」

当てが外れた八五郎は慌てた様子で頷いている。蕎麦屋が「なるほど。粗忽者の振りが見事だ」と呟《つぶや》いたような気がしたが、気のせいかもしれない。

「寒かったのは昨夜《ゆうべ》だよ。なあ親父。昨夜は寒かったな」

「昨夜はお寒うございました」

「そうだそうだ。そうこなくっちゃいけねえ」

八五郎はようやく満足する。

「こう寒くっちゃあ、景気も悪かろう」

「お陰様で、このところ繁盛しております」

「お陰様でって、いいのかい景気」

「はい」

「やだね、まったく」

八五郎は次の言葉を思い出そうとする。

「そうだそうだ、看板だよ。おいらはこれから博打を打ちに行こうってんだ。その前に入った蕎麦屋でこの看板、縁起がいいやね。的に矢が……当たってないよ」

大根と卸し金の画が描いてある。

「そういえば、おろし蕎麦が売りでって言ってたな。そうかい。それで大根を擂《す》る絵がね。おいらはこれから博打を打ちに行こうってんだ。その前に擂る看板……縁起が悪いよ」

八五郎が慌てている。また蕎麦屋が「見事な芝居だ」と呟いたような気がしたが気にしない。

「まあいいや。看板なんてどうでもいいんだ。肝心なのは蕎麦だよ。頼んですぐに蕎麦が出てくる。こうでなくちゃいけないね。江戸っ子は気が短いんだ。そこへいくとこの蕎麦屋……遅いね、どうも」

亭主はまだ蕎麦を作っている。

「まだかい、蕎麦。夜が明けちゃうよ」

「慣れないもので」

「酷い蕎麦屋へ入っちゃったよ」

　八五郎が独《ひと》り言を言う。

「まあいいや。おいらは江戸っ子の中でも比較的気が長い方だから」

　八五郎が手持ちぶさたに待っていると、ようやく蕎麦ができた。

「お客さん、お待ち遠様です」

「待ちましたよ、文字通り」

　八五郎が蕎麦と箸を受け取る。

「これだこれだ。お前んところは感心に割り箸を使ってるだろ。最初から割れてる箸は汚いからね。誰が使ったんだか判らない」

　受け取った箸を眺める。

「割れてるね、最初っから」

　それでも八五郎はなんとか褒めようとする。

「手間がかからなくていいや。割れてる方が。手回しがいいやね。先の方がちょっと濡《ぬ》れてますよ。洗ったばかりかい……」

「前の人が使ったばかりです」

「酷いねどうも」

八五郎は濡れた箸を自分の着物で拭《ふ》く。

「まあいいや。肝心なのは器だよ。ものは器で食うってね。おめえんとこの丼。いい丼を使ってるね。この辺りじゃなかなかお目にかかれねえよ、こういう丼は」

八五郎、丼を掲げてシゲシゲと眺める。

「汚ねえ丼だね、こりゃあ。たしかにお目にかかれねえや。ひびが入ってるよ。縁も欠けてるし。あんまり欠けてギザギザになってますよ。ノコギリだね」

さすがの八五郎も呆れ果てる。

「まあ丼を喰うわけじゃねえんだ。おめえんとこはつゆがいいから許せますよ。二八蕎麦なんてのは塩辛いつゆが多いんだよ。お前んとこみたいに上品なつゆはなかなかない」

ギザギザの縁に気をつけながら一口啜る。

「しょっぱいね、どうも」

八五郎は丼を置いて顔を顰《しか》めている。

「湯を入れてくれ、湯を。薄めなくっちゃあ飲めやしねえ」

蕎麦屋は言われた通りに丼に湯を足した。勘定をごまかそうとしているから八五郎も我慢する。

「肝心なのは蕎麦だよ。つゆじゃねえ。蕎麦が太いなんてのは喰う気になれねえが、お前んとこの蕎麦は」

箸で蕎麦をすくい上げる。

「太いねえ」

大きな声を出して感心している。

「うどんでもこうは太くないよ」

我慢して太い蕎麦を口に入れる。

「少し細い恵方《えほう》巻きだね、これは。上方から来た野郎が作ってたやつ。しかもつるっと来ませんよ。なんだかネチャネチャしてる」

口をモグモグさせながらようやく太い蕎麦を呑みこむ。

「仕方ねえ。この方が腹にいいいんだよ。それにしてもぬるいね」

「あい済みません」

「いいってことよ。ぬるい方が腹にいいんだ。まあいろいろ言ったが、蒲鉾がいいとすべて許せるね。お前んとこは厚く切ってあるからいい。商売が成り立つのかって心配になるぐらい厚く切ってあってね。よく薄い蒲鉾があるけど、あれなんざ喰った気がしないい」

八五郎は丼の中で蒲鉾を探す。

「ないよ、蒲鉾が。お前んとこは蒲鉾入れないのかい」

「そんな事はありません。ちゃんと入れてあります」

「そうかい」

八五郎は箸で丼の中をかき回している。

「あ。これだよ。ありましたよ。丼にへばりついてたから丼の模様かと思ってたよ」

八五郎は蒲鉾を箸で摘みあげる。

「薄いねえ、これは」

月明かりに照らす。

「お月様が透けて見えるよ。よくこれだけ薄く切れたね。職人芸だ」

妙なところで感心している。

「まあ薄くったって本物の蒲鉾を使ってるだけマシだ。麩《ふ》を使ってごまかしてる蕎麦屋があるからね。あれはいけねえ。麩なんざ病人の喰いもんだ。お前んとこは本物を使ってるからありがたい」

八五郎、口の中に入れる。

「本物の麩だね、これは」

八五郎、麩をモグモグと食べる。

「まあいいや。ここんとこ軀の調子がよくねえんだ」

八五郎、なんとかうどんのような蕎麦と麩を食べ終える。

「ごちそうさま。へへ。お楽しみはここからだ」

八五郎はニヤリと笑った。

「いくらだい」

「十六文いただきます」

「そうかい。小銭だから間違えるといけねえ。勘定してやるから手を出しな」

蕎麦屋、八五郎の前に手を出す。

「一つ、二つ、三つ、四つ、五つ、六つ、七つ、八つ。いま何刻だい」

「四つでございます」

「五つ、六つ、七つ、八つ……」

解　説——爆笑の落語ミステリ

有栖川有栖《ありすがわありす》（作家）

鯨《くじら》・落語・ミステリ。うんとかけ離れたもので三題噺《ばなし》を作ろうとしたら……何のことはない、「これでございます」と本書『幕末時そば伝』を差し出せばすむではないか。鯨統一郎《とういちろう》さんによる爆笑の落語ミステリだから（わざとらしい書き出しで、すみません）。

爆笑の落語ミステリ。

あなたがまだ本編をお読みでなかったとしたら——そう聞いてどんな小説を想像なさるだろうか？　素っ頓狂な咄家《はなしか》が探偵役を務めるミステリ？　あるいは、落語の世界の愉快な住人たちが難事件に挑むユーモア時代ミステリ？　落語のネタをなぞったような連続殺人が起きるサスペンスもの？

どれでもない。二番目に挙げた「ユーモア時代ミステリ」がやや近いが、それが実に変わった形になっている。どういうことか――は後述するとして、その前に作者について語らせていただきたい。

鯨統一郎さんといえば、ミステリ界きってのアイディアマンだ。その作品の多彩さから、当代きってのトリックメーカーであることがあまり指摘されないほど。鯨さんが創出してきたトリックは質・量とも大変なものだが、アイディアマンとしての才は、ユニークで魅力的なキャラクター作りや舞台設定、毎回異なる趣向にも遺《い》憾《かん》なく発揮される。

また、このアイディアマンは恐ろしくサービス精神が豊かだ。読者は、その滑《なめ》らかな文章をたどる時、安楽椅子に掛けて寛《くつろ》ぐ思いがするだろう。そして、常にユーモアを忘れず、人間を見つめる温かなまなざしで気持ちを明るくしてくれる。のみならず、モチーフになった歴史・文学など（民俗学から懐メロまで、その範囲広し）の知識はもちろんのこと、本筋に関係のない豆知識や情報もするりと頭に入るようになっている。

読む方はいたって楽だが、書く方にとってはやたら苦労が多いはずだ。デビュー作『邪馬台国《やまたいこく》はどこですか？』に始まる早乙女静香《さおとめしずか》シリーズのように、歴史学の常識を覆《くつがえ》す新説・奇説を次々に考えるためには、基本的な史料にあたるだけでも骨が折れる。この世のすべての小説を消滅させようとする文章魔王に師弟コンビが挑む『文章魔界道』には、おびただしい数のギャグ・駄洒落《だじゃれ》・回文《かいぶん》が投げ込まれていて、唖然《あぜん》とした。どの作品もそんな具合で、「これは得意分野を題材にしてすらすらと書けただろうな」と思えるものは、一作もない。とにかく手間を惜しまないのだ。

読者をとことん寛がせ、面白がらせ、お土産《みやげ》まで渡す。それでいて自分の苦労は見せない（私がそれを感じてしまうのは同業者だからだろう）。これはもう、エンターテインメント作家の鑑《かがみ》と言うしかない。

そんな鯨さんが、今回選んだモチーフが落語。呆《あき》れるほど抽斗《ひきだし》の多い作者だから、それ自体にはさほど意外性はない。落語とミステリは相性がよくて、現代作家によるシリーズだけでいくつもある。春桜亭円紫師匠《しゅんおうていえんし》が名探偵ぶりを発揮する北村薫《きたむらかおる》さんの〈円紫さんシリーズ〉、大学の落語研究会の面々が活躍する大倉崇裕《おおくらたかひろ》さんの〈オチケン！シリーズ〉、しっかりとした謎解きと芸道小説の妙味を見事にブレンドした愛川晶《あいかわあきら》さんの〈神田紅梅亭《かんだこうばいてい》寄席物帳シリーズ〉など。

また、ミステリ作家には落語好きが多い。両者の相性がいいのも道理で、ミステリと落語にはもともと少なからぬ共通点がある、と私は考えている。

成立の時期は、落語の方が早い。謎《なぞ》解きの面白さを含む物語は古来からあるので、ミステリのルーツをたどれば『イソップ物語』やギリシャ悲劇まで行き着きかねないが、現在の形の祖形はエドガー・アラン・ポーが一八四一年（日本の天保年間）に発表した短編「モルグ街の殺人」というのが定説だ。落語はというと、これより百五、六十年ほど前に京、江戸、大坂で落語家の祖と呼ばれる人たちが現われる。

時期は一致していないが、ともに都市で生まれた。十九世紀の欧米の都市と、日本の三都では都市の性格を異にするが、都市的な感性をバックボーンとしている点は似ている。

それは牽強付会《けんきょうふかい》の気味があるとしても、いずれも豊かな常識なくては楽しめない、ということには異論が出ないだろう。不可解な謎が名探偵の推理で「なるほど！」という解決に着地するまでを描くミステリも、ナンセンスな設定・人物・ストーリーで「そんな馬鹿な！」と笑わせる落語も、大多数の受け手が共有する常識をベースにして初めて成立する。ミステリや落語を愛する人には、常識が備わっているのだ（非常識な言動をするミステリ作家や落語家、あるいはファンがいたとしても、それは「わざと」か「我慢できない」だけです）。

また、ミステリは謎解き＝解決で幕を閉じ、落語はサゲ（オチ）で終わる、という形式も類似している。ミステリを読んでいて、「まるで落語のサゲだな」と感じたことはないだろうか？　実例を挙げて書けないが、私はしばしば体験するし、自分で結末を書きながら「これでオチたな」と思うこともある。

逆に言うと、落語のサゲはミステリの結末に似ている。理論家の爆笑王だった桂《かつら》枝雀《しじゃく》師匠は、すべての落語のサゲを四つに分類してみせた。くわしくは『らくごDE枝雀』という著書をお読みいただきたいが、その四つとは、へん（ナンセンスが行き着くところまで行って終わる）、ドンデン（足元をすくうようなどんでん返しで終わる）、合わせ（複数の要素が強引に合わさったところで終わる）、謎解き（劇中の謎の答えを観客に投げて終わる）。

本格ミステリ度の低い方から高い方へ並べると、変（怪奇・猟奇色が強いもの）・どんでん（意外な結末が売りのサスペンス）・合わせ（論理性は弱いが伏線が面白い本格）、謎解き（理屈=論理が決め手の本格）ということになるだろうか。そのものズバリ、「謎解き」が落語を終わらせる手段に数えられていることに注目したい。

落語と突き合わせてミステリを語ると色々な発見があるのだが、本稿は〈落語とミステリに関する一考察〉ではないので、急いで話を『幕末時そば伝』に戻そう。

本書の目次には「粗忽長屋」「千早振る」「長屋の花見」……「時そば」と、よく知られた親しみやすい古典落語のネタが並んでいる。それぞれのエピソードがまとまりのある物語で、順に読んでいくと大きな物語になるという連作長編だ。

よく知られていると書いたが、「古典落語はあまり知らないので……」という方もいらっしゃるだろう。昨今は、落語を自然に聴く機会が以前よりも減っているから。それでも大丈夫。鯨さんは「これぐらいは常識だよ」と読者を置き去りにしたりしないので、この小説を読んで落語の面白さを発見することもできる。

第一部は、ある小藩のお家騒動から始まるのだが、話のスケールは第二部、第三部と進むほどにスケールアップしていく。なんと二世紀半にわたって太平が続いた江戸幕府が倒れるプロセスを私たちは目撃するのだ。日本史のうねりを描いた壮大な物語！　そして、幕府の命運を（何の自覚もなく）操《あやつ》っていたのは、誰あろう、落語でおなじみの粗忽長屋の住人たちであった――。

このギャップが、まず可笑《おか》しい。なんと痛快なホラ話だろうか。浮き世の憂さを忘れさせてくれる。

ホラ話が転がっていく面白さだけが眼目の小説ではない。特筆するべきは、読者が「物語がどういうふうにオチるか」を知りながら読み、知っているがゆえに笑ってしまう、という構造だ。

第一話の「異譚・粗忽長屋」を読んだところで、私は「おや？」と思った。最後のセリフが落語の「粗忽長屋」と同じで、そこに至る展開も落語をなぞっていたからだ。第二話の「異譚・千早振る」に出てくる和歌の珍解釈も落語のままで、最後のセリフもやはり同じ。もっとオリジナルをひねるのかと思っていただけに、意外だった。これでは途中からサゲの予想がついてしまう。というより、章題を見ただけでサゲがばれる。

それでいいのかしら、と思ってさらに読み進むうちに、この作品の楽しみ方が判ってきた。知っている結末に向けて、物語が暴走していくから可笑しいのだ。

知っている結末といえば、粗忽長屋の連中が繰り広げる騒動の顚末《てんまつ》だけではなく、私たちは江戸幕府がいつどんな形で終焉《しゅうえん》を迎えるのかを知っている。ただ、その史実と落語のネタがどう絡《から》むかだけを知らない。作者がどんなアクロバットで二つを繋《つな》ぐのか？　そこにくすぐったいような快感と、ある種のサスペンスが生まれる。作者は、前述のサゲの四分類にあった〈合わせ〉の手法を用いるのだが、その強引さがすごい。

みんなが知っている結末に向けて物語をどう転がしていくか、という興味。これは、普通のミステリの逆だ。でありながら、ミステリ作家のテクニックを駆使することができる。「実に変わった形」と評したのは、そういうことだ。剥《む》き出しの〈合わせ〉。アイディアマンの鯨さんならではの新機軸だろう。

ユーモア小説の感想を誰かと言い合う時、「どこで笑ったか?」を突き合わせると楽しい。私のお気に入りは、192ページの10行目。お茶を飲みながら読書を楽しんでいたら、ここできっと噴《ふ》き出しただろう。これから読む方は、どうかご注意を。

〈主要参考文献〉

＊本書の内容を予見させる可能性がありますので、本文読了後にご確認ください。

『落語百選　春』麻生芳伸編（ちくま文庫）
『落語百選　夏』麻生芳伸編（ちくま文庫）
『落語百選　秋』麻生芳伸編（ちくま文庫）
『落語百選　冬』麻生芳伸編（ちくま文庫）

＊その他の書籍、および新聞、雑誌、インターネット上の記事、ＣＤ、口演など、多数参考にさせていただきました。執筆、制作に携わったかたがた、また、快く取材に応じていただいたかたにお礼申し上げます。ありがとうございました。

＊この作品は架空の物語です。

本書は二〇〇七年十一月に実業之日本社より刊行された『異譚・千早振る』（鯨統一郎著）を改題し、文庫版として刊行するものです。

実業之日本社文庫　最新刊

碧野圭
銀盤のトレース　age15 転機
名古屋のフィギュアスケート強豪高へ入学した竹中朱里。全日本ジュニア代表を目指しライバル達と切磋琢磨。（解説／伊藤みどり）
あ51

鯨統一郎
幕末時そば伝
高杉晋作は「目黒のさんま」で暗殺？　大政奉還は拒否のはずが「時そば」のおかげで？　落語幕末ミステリー。（解説／有栖川有栖）
く11

今野敏
処断　潜入捜査
「潜入捜査」シリーズ第3弾！　元マル暴刑事が己の鉄拳を頼りに、密漁・密輸を企てる経済ヤクザの野望を暴く！（解説／関口苑生）
こ23

近藤史恵
モップの魔女は呪文を知ってる
新人看護師の前に現れた〝魔女〟の正体は？　「女清掃人探偵」キリコの人気シリーズ、実日文庫初登場！（解説／杉江松恋）
こ31

柄刀一
黄昏たゆたい美術館　絵画修復士　御倉瞬介の推理
名画の謎と事件の謎。ゴッホから中世絵巻まで、絵画修復士が二つの謎の真相を射抜く美術＆本格ミステリー。（解説／柴田よしき）
つ12

西澤保彦
腕貫探偵
〝腕貫〟着用の市役所職員が、事件の謎を次々に解明する痛快ミステリー。安楽椅子探偵に新ヒーロー登場！（解説／間室道子）
に21

藤沢周平
初つばめ　「松平定知の藤沢周平をよむ」選
「チャンネル銀河」の人気番組が選ぶ藤沢周平の市井物オリジナル短編集。作品の舞台を巡る散歩マップ付。（解説／松平定知）
ふ21

実業之日本社文庫 く11

幕末時《ばくまつとき》そば伝《でん》

2011年12月15日　初版第一刷発行

著　者　鯨《くじら》 統一郎《とういちろう》

発行者　村山秀夫
発行所　株式会社実業之日本社
〒104-8233　東京都中央区銀座 1-3-9
電話 [編集]03(3562)2051 [販売]03(3535)4441
ホームページ　http://www.j-n.co.jp/
印刷所　大日本印刷株式会社
製本所　株式会社ブックアート

フォーマットデザイン　鈴木正道(Suzuki Design)

ISBN978-4-408-55058-9（文芸）